妻を殺してもバレない確率

桜川ヒロ

宝島社

Contents

【未来予測システム】というものがある。

このシステムによって未来予測はある程度可能になり、それは確率という形で表されるようになった。

『今日の夕食がカレーライスである確率』

『69・241%』

こんな具合に……

仕事で【未来予測システム】にかかわっている僕も、例に違《たが》わずこのシステムを利用させてもらっていた。

『あの子に再会できる確率』

『0・531%』

どうやら、今日もコレは持ち主のもとへ帰ることはできないらしい。

僕は鞄の中に入っている小さな紙袋の中身——可愛らしいティッシュケースを覗き込んだ。

これを渡してきたあの子は元気にしているだろうか。もう十三年も前の話だし、一度きりの邂逅《かいこう》だったからあの子はきっと忘れているだろう。しかし、僕にとってそれは少しだけ特別な思い出だ。

完成したばかりの【未来予測システム】のおかげで助けることができたあの子は、僕が子供の頃から持っている小さなコンプレックスを、たった一言で消し去ってくれた。その子に会って以来、クローバーの形を見るたび少しだけ心が弾《はず》むようになった。

頬《ほお》を窪《くぼ》ませて朗《ほが》らかに笑うあの子に、いつかこのシステムを使って再会できたら……なんて思っているのだが、どうやら先は長いらしい。

企業をはじめ、個人でも利用できるこのシステムは世の中に小さくない変革をもたらした。それは決して良いことばかりではなかったけれど、このシステムにかかわった僕としては、子供が親の手を離れ立派になっていくようで少しだけ誇《ほこ》らしくあった。

今日もどこかで誰かが僕と同じようにこうやって確率を調べているのだろうか。

それならば是非、良いことに使ってほしいものだ。

誰かと誰かを繋げられるような。

自分の中にある気持ちに気づけるような。

もがき苦しむ誰かの助けになるような。

未来を示す確率が、誰かの幸せになってほしい。

僕はそう願わずにはいられない。

妻を
殺しても
バレない
確率

『0・061％』

僕の朝はいつもメガネ型のPCを起動して、ある未来予測をチェックするところから始まる。

「まぁ、当たり前か」

最近、この数字が1％以上になったところを僕は見ていない。

『妻を殺してもバレない確率』

僕が設定した未来予測の条件だ。

条件を入力すれば自宅のパソコンで簡単な未来予測ができるようになったのはもう十三年も前の話。【未来予測システム】と呼ばれるそれは、ビッグデータやSNS、その他もろもろの機械的なデータと、自身のバイタルなどを組み合わせて、その人独自の未来予測を算出するシステムだった。

そして、様々な用途で使用されるそのシステムを、僕も例外なく使わせてもらっていた。

妻との出会いは十年前に溯《さかのぼ》る。

それは、劇的でもなければ運命的でもなく、かといって『普通の出会い』に括《くく》るにしては少しだけ異質なものだった。

彼女とは所謂《いわゆる》、政略結婚だった。僕の祖父が経営する会社に資金援助することを条件に、彼女の父——今の義父に当たる人が僕に政略結婚を迫った。

学生時代から勉強ばかりやってきて真面目だけが取り柄の僕は、次期社長に据《す》えても御《ぎょ》しやすそうに見えたのだろう。更に言えば、僕が義父の会社にいることにより祖父の会社を牛耳《ぎゅうじ》れると思ったのかもしれない。そんな僕に関係ない理由から、どこにでもいるサラリーマンは、あっという間に『社長令嬢の夫』の座に就《つ》かされてしまった。

後から聞いた話だが、彼女の結婚相手は僕以外にも沢山挙げられていたらしい。見た目も普通、何か特別できることがあるわけでもない僕が選ばれたのは、ひとえに彼女が会ったこともない写真の僕を気に入ったからだった。

「貴女《あなた》を愛せるとは思えませんが、それでも良ければ」

初めて顔を合わせた日、僕は彼女にそう言ってのけた。

その言葉に彼女はあろうことか笑みを浮かべると、「いいわ」とよく通る声で返事をした。そんな返事が返ってくるとは思わなかった僕が驚いた顔をしていると、彼女は微笑んだまままもう一度、了承を表すように小さく頷《うなず》いた。

そして、僕らは結婚した。

当時の僕に恋人がいたわけじゃない。彼女の見た目だって悪い方じゃない。祖父の会社は潰れるのを免《まぬが》れて、僕は義父の会社の次期社長だ。何もかも万々歳。世間的には、一般論的にはそうだろう。

だけど僕はそうは思えなかった。

次期社長と言えば聞こえはいいが、これから僕は単なる義父の傀儡《かいらい》だ。もちろん、僕は傀儡になるつもりはさらさらないけれど、そう扱われることは明白だった。僕は僕なりに前の会社でやりがいを見つけていたし、毎日充実していた。これから歩むはずだったそんな人生を金で買われたのだ。当然、良い気分になれるはずもない。

そんな想いもあって、その頃の僕は彼女のことを少なからず恨《うら》んでいた。

結婚が嫌なら首を横に振れば良かったのだろうが、状況的にはそうも言ってられなかった。祖父の会社はあと幾日も保《も》たないだろうというところまで来ていたし、もし倒産なんてことになった場合、頑固一徹《がんこいってつ》で責任感ばかり強い祖父が自らの命をお金に換える選択をしないわけがないと、どこか確信していた。命と莫大《ばくだい》な借金が僕の身一つで救えるのだと言われたのだから、僕はそれを許容するしかなかったのだ。

「君を殺して僕が君の受け継ぐ莫大なお金を独り占めするかもしれない。それでもいいかい？」

結婚したてのとき、何気なく彼女に言った言葉だ。彼女は一瞬驚いた顔をして、そして微笑みながら首肯《しゅこう》した。

「いいわ。それまでに私が貴方《あなた》を陥落させればいいだけの話でしょ？」

挑戦的に言ってのける彼女がどこか勇ましい戦士のように見えて、一瞬目を見張った。そして、その日のうちに『妻を殺してもバレない確率』とメガネ型ＰＣに入力した。簡単な質問に答えたあと、ウェアラブル端末が状況を的確に把握して、確率を出す。最初に出た数字が『３８・２３５％』だった。意外にも高い数字にびっくりして固まる。四割近く出るなんて！　と思ったが、明日から確か彼女は旅行だと思い出した。それも一人っきりの旅行だ。旅行に行ったと見せかけて殺すなんてのはアリかもしれない。

「旅行に行くと見せかけて、君を殺そうか？　四割ぐらいは成功するらしい」

「そう、頑張って。お土産は何が良いかしら？」

飄々《ひょうひょう》と言ってのける彼女が面白くて、「殺せないと思ってる？」と聞くと、「いいえ、もし殺されたらそれは私の努力が足りなかったせいだわ」と凛《りん》とした瞳で返された。

その日の夜、僕は眠れなかった。

彼女の意志の強そうな瞳が、頭をちらついて離れなかったからだ。もしかしたら、思い通りにいかない彼女に少しだけ苛《いら》ついていたのかもしれない。……いや、きっとしていた。僕はいつだってすました顔で笑う彼女にイラついていた。

社長令嬢だと聞いていたから、彼女はてっきりドロドロに溶かされるぐらい甘やかされて、育てられてきたのだとばかり思っていた。世の中の汚い物や醜《みにく》いものからは隔離されて、温室の中で丁寧《ていねい》にぬくぬくと育てられてきたのだと。しかし、彼女は甘えなんて一つも知らないような顔をして、僕の前で微笑むのだ。

初めて顔を合わせたときも、今晩も、彼女はいつもどこか挑戦的で、好戦的で、挑発的だった。

肺の空気を全て吐き出すように深く息をつけば、二酸化炭素と一緒に彼女に対する苛立ちも僕の中から出ていくような気がした。そして、彼女に対する感情がそれだけではないことを知る。

その感情に名前を付けるならば、それはきっと『興味』だった。

結局、眠れなかった僕はリビングで朝を迎えることになった。徹夜だ。

別に彼女のことが気になって夜を明かしてしまったわけではない。そもそものきっかけは彼女だが、理由は彼女ではなかった。眠気が来るまで、と観始めてしまった海外ドラマがいけなかったのだ。

僕は凝り固まった背中を伸ばしながら、エンドロールが流れるテレビの電源を切る。こういったシリーズには『キリがいいところ』なんて存在しないのだと実感した。窓の外は白み、橙色《だいだい》の飴玉のような太陽が山の間から顔をのぞかせている。時計を見ると五時を少し過ぎたあたりだった。

五月の大型連休中なので、このまま自室に帰って寝てしまっても何も問題はない。しかし、とうの昔に眠気が通り過ぎていた僕は、そのまま身支度を整えてリビングに戻るという選択をした。

朝食代わりの珈琲を淹《い》れていると、突然階段のほうから物音がした。ガタン、ガタンと荷物を降ろしている音が聞こえる。しばらくすると、スーツケースを持った彼女がリビングに現れた。彼女は僕を見つけると目を丸くして固まってしまう。まさか僕がこの時間に起きているとは思わなかったのだろう。

「おはよう」

「……おはようございます」

かろうじて、といった具合に彼女はそう口にする。僕は淹れた珈琲に口を付けながら彼女を眺めた。初めて見る彼女の表情だった。

いつもの凛とした佇まいは見る影もなく、呆《ほう》けた顔で彼女も僕を見つめていた。目が合わないのはお互いが無意識的にそうしているからだろう。

半開きの口を見ながら、僕は一つ溜息《ためいき》をついた。今日から旅行だというのにこれで大丈夫なのだろうか。

「遅れるんじゃないのか？」

いつまでも固まったまま動かない彼女にそう声をかける。すると、彼女はまるで石化の呪いが解けたかのようにはっと顔を上げた。そして、表情を引き締めると「そうね」といつもの調子で声を出す。

なんとなく玄関までついていくと、彼女は少しだけ首を捻《ひね》りながら僕を見上げた。

「……行ってきます？」

なんで疑問形なのかはよくわからなかったけれど、僕が見送りをすることに彼女が戸惑っているというのはよくわかった。

僕は少しだけ言葉を選ぶ。『行ってらっしゃい』はなんだか馴れ馴れしすぎる気がするし、だからと言って『行ってきます』に対する言葉がないのもなんだかおかしい。

「気をつけて」

迷った挙句《あげく》、僕は彼女にそう言った。その言葉を選んだのは、今朝の彼女がいつもと違ってどうにも危なっかしく見えたからだ。

その台詞《せりふ》を背中で聞いていた彼女は扉が閉まる直前、振り返った。その顔にはいつもの挑戦的な笑みが浮かんでいる。あの呆けていた彼女はどこに消えたというのだろうか。

「……面白い女」

扉が閉まる音と同時に、気がつけばそう零《こぼ》していた。

彼女を見送って、僕はまた一つの未来予測をした。

『半年後、妻のことを愛している確率』

『0・001％』

そうだろうな、と一人納得した。面白い女だとは思っても、彼女に対してあまりいい感情を持ってないことは事実だ。半年ぐらいでそれが変わるとも思えない。

数日後、旅行から帰ってきた彼女にそのことを告げた。少し反応が楽しみで、期待していると、彼女は表情を崩さずに「そう」と返しただけだった。正直拍子抜けした。

「君は僕のことを憎からず想っているのだと思っていた」

結婚相手に望むぐらいだから愛してはいなくとも、良い感情は持っているのではないかと思っていた。しかし彼女はどうでも良さそうに一言発しただけだ。泣いてくれとまでは言わないが、せめて悔《くや》しがる顔を見たかった。

「……次は私をどうやって殺す予定か聞いてもいいかしら？」

「は？」

「貴方、私が旅行へ行く前に『旅行に行くと見せかけて、君を殺そうか？』って言っていたじゃない？　待っていたのに。来てくれたらきっといい新婚旅行になったわ」

「殺されたいのかい？」

「できれば貴方に愛されたいわ」

意味がわからない女だと思った。彼女の前でメガネ型PCのスイッチをつけてもう一度未来予測をする。

『妻を殺してもバレない確率』

『12・253％』
八、九回に一回はバレないのか。結構な確率だ。
夜中に部屋で二人っきりだと大体このぐらいか。そう頭に留める。

「今は12％ぐらいだからね。やめとこうかな。もし殺すなら、旅行から帰ってこなかったってことにして、死体はどこか近くの道路に置いておくよ。通り魔にでもあったと思うだろう」

「それなら、近くの公園がいいと思うわ。あそこ不審者が出るって有名だから」

「……君が何を考えているのかわからない」

「私はあなたに愛されたくて必死なだけよ」

『愛されたい』なんて少しも思っていない表情で彼女はそう言う。僕は溜息をついた。

なぜか一つ負けた気分だった。

「僕は君を愛さないと言っただろう？」

「あら、そんな言葉は聞いてないわ。私が聞いたのは『愛せるとは思えません』よ？『愛さない』と『愛せるとは思えない』は全然違うわ。『食べない』と『食べられるとは思えない』が違うようにね。……ねぇ、ナマコやタコを食べ始めた昔の人ってすごいと思わない？」

「確かにあんな軟体動物を食べようと思った先人はすごいと思うけれど……、君は一体なんの話をしているんだ？」

「私たちの愛の行方と、明日の夕食についての話かしら？　ねぇ、貴方はタコが好き？」

「……嫌いじゃない」

「それなら、まずはタコになれるように頑張るわ」

ナマコはスーパーで売ってないのよね、と彼女はよくわからないことを言いながら笑う。なんだか額に黒星がもう一つついたような気がした。連敗だ。

そもそも僕は彼女に勝ったためしがあるのだろうか。

そこまで考えて、僕は慌《あわ》てて頭を振った。無駄に連敗記録を増やす必要はない。

明日の食卓にタコの酢の物が並ぶというところまで話をしたあと、彼女は「そういえば……」と手のひらより少しだけ大きめな箱を鞄から取り出した。

「お土産よ」

「……いらない」

「そう言わずに受け取って。男性物だから返されても私には使えないし……。もし、気に入らなかったら捨てても構わないわ」

そう言いながら押し付けてくる包みを僕は渋々手に取る。

「……捨てるぞ」

「貴方にあげた物だから自由にして構わないわ」

そういう彼女に一矢報《いっしむく》いたくて、僕は勢いよく箱をゴミ箱に放った。そして、得意げに彼女の顔を見て、少し後悔した。悲しそうに眉を寄せてその箱を見つめる彼女。その瞳を見たくなくて、僕は慌ててあてがわれた部屋に帰った。

結婚はしていたけれど、もちろん部屋は別々だった。彼女を抱くことはないと思っていたし、彼女もそんな僕に抱かれたいわけがないと思っていたからだ。

そんな殺伐《さつばつ》とした生活も半年が過ぎた。僕は朝が始まると布団から出るよりまず先に『妻を殺してもバレない確率』を調べる。そして、布団から出て身支度を整えて、リビングに行くのだ。

「今朝は15%だった」

「あら、じゃぁ安心してもいいのかしら？」

「わからないぞ。もしかしたらその珈琲に僕が毒を仕込んだのかもしれない」

「私がさっき淹れたばかりなのに？」

「昨日のうちに仕込んでおけば可能だよ」

「じゃぁ、心中しましょう。はい、貴方の分」

「どうも」

勿論、毒など入っていないその珈琲を手に取って僕は席に着く。そうして彼女が作った朝食を食べるまでがいつもの流れだ。

毎日、毎日、飽きることなく僕は彼女に『妻を殺してもバレない確率』を報告する。

「今日はなかなかに良かったぞ。17%だ」

「昨日より2%も上がっているじゃない。良かったわね。私も今日良いことがあったのよ。ほら見て、とても上手にできたの、出汁《だし》巻き卵。貴方好きでしょう？」

「……そうだけど、僕は君のことがたまに怖くなるよ」

「あらどうして？」

「どうしてだろうね」

それ以外にまともな会話をしない日もあるが、僕はそれに多少の居心地の良さを感じ始めていた。不干渉なところがいい。勝手に出てくる朝食も、夕食も魅力的だ。だけどそれは愛とは別の感覚で、『愛しているのか？』と問われれば答えは確実にＮＯだった。

それから季節が一巡《ひとめぐ》りして、結婚して一年半が経った頃だ。

何の前触れもなく、彼は突然やってきた。

「まだ子供ができないとはどういうことだ！　娘に聞けば寝室も別々にしているというじゃないか‼　やはり君に娘は任せておけないっ‼」

同じ会社に居てもあまり顔を合わせることのない義父が、顔を真っ赤に染めあげてそう怒鳴り込んできた。大きな図体でドカドカと家に上がり込んできた彼は彼女の制止を跳ねのけて僕に詰め寄る。

「どういうことなんだっ！　何か弁解したいことはっ‼」

僕は義父の言葉を聞きながら、その奥の彼女を見た。僕と目が合った彼女は、一瞬たじろいで、そして俯《うつむ》いた。申し訳なさそうに肩を落とし、唇を噛んでいる。

そんな様子を見て、僕はなんとなく彼女が置かれている状況を理解した。彼女の瞳がいつも強い理由も、もしかしたらそこにあるのかもしれない。

「僕は彼女を抱く気はありません。僕は彼女を愛せませんし、彼女もそんな僕に抱かれたいとは思わないでしょう。女性は子供を産むための道具ではありません。後継者のために僕と彼女を結婚させたのなら、選択を間違えたのはそちらです。今すぐに離婚をさせて、彼女をちゃんと愛してくれる人のところへ嫁《とつ》がせてあげてください」

気がついたらそう言っていた。思っていたことが口を衝《つ》いて出た、そんな印象だ。

僕はソファーに座ったまま、義父のほうを見ることもなく珈琲を一口飲む。僕の言葉を最後に室内は酷《ひど》く静かになり、珈琲が僕の喉を通った音でさえも聞こえてしまいそうなほどだった。

しばらくして、義父は力の抜けた声で「そうか」と一言呟《つぶや》くと、そのままふらりと家から出て行ってしまった。まだ何か言われるものだと身構えていた僕は、その行動に少しだけ呆気《あっけ》にとられてしまう。

義父が出て行ったあとの時間が止まったような空気を壊したのは、申し訳なさそうに眉を寄せながらも、どこか嬉しそうに笑う彼女だった。

「ありがとう」

「お礼の意味がわからない」

「私のこと考えてくれたんでしょう?」

何のことだ?　そう思ったが、聞きようによってはそう取れる言葉を発したかもしれない。まったくもって不本意だが……

「僕は……離婚したかっただけだ」

僕は少し考えたあと、そう答えた。その言葉は間違いなく本心のはずなのに、自分でも驚く程になぜか歯切れが悪かった。彼女はそんな僕に楽しそうな笑みを見せる。

「あら、いいの？　離婚したら私は殺せないし、多額のお金も貴方から遠ざかってしまうわよ？」

彼女は飄々と自身の死を笑う。最初の頃は面食らっていたが、そんな彼女に僕ももう慣れてしまった。僕は彼女の〝いつも通り〟に顔を上げる。

「……そうだな。それはよろしくない」

「次のプランを聞いていいかしら？」

「それを言ったら、君は殺されないようにと動くんじゃないのかい？」

「あら、私は貴方の全てを受け止める覚悟があるのよ？　見くびらないでほしいわね」

自信満々にそういう彼女に、僕は意地悪く笑った。

「たとえばこれがナイフでもかい？」

僕は珈琲の入っているマグカップを彼女に押し当てる。彼女はそのカップを僕から奪い取ると、何のためらいもなく中身を呷《あお》った。

「たとえばこれが毒入りでもよ」

そう勇ましく笑うのを見て、僕はたまらず噴き出した。この生活の中で初めて腹の底から笑った気がした。彼女はどこかおかしい、狂っているのかもしれない。しかし、それが前ほど嫌ではなくなっていた。

僕は口元だけに笑みを作ったまま指を一本立てる。

「もう一杯頼めるかい？　毒抜きで」

「私は貴方と違って、毒を飲ませたいなんて思ったことはないわ」

その言葉にまた噴き出しそうになったけれど、それは僕の小さなプライドが許してはくれなかった。


それからまた一年近くが経って、僕らは結婚して三度目の夏を迎えた。あの義父がやってきた一件以来、僕らの間では少しずつ会話が増え始めていた。会話といってもそのほとんどが生活するために必要な確認事項なのだけれど。それでも彼女はいつも楽しそうに笑っていた。一方の僕は無表情で淡々と言葉を紡《つむ》ぐ。夫婦としては壊れているかもしれないが、家族としては機能してきたと思えた矢先。彼女は僕とデートに行きたいと言ってきた。

「僕は行きたくない」

「私は行きたいわ。今日は水族館にしましょう！」

「僕は君を愛していない。好きでもなんでもない」

「でも、私はあなたを愛しているわ」

だからどうしたと、思った。どうして今更、普通の夫婦のようになれると思っているのだろうか。それに今日はせっかくの休日なのだ。そんなことに時間を割《さ》きたくはない、というのが僕の気持ちの大部分を占めていた。

彼女はまるでそんな僕を落ち着かせるようにゆったりと微笑んだ。

「貴方いいのかしら？　せっかくのチャンスをふいにするつもり？」

「チャンス？　何のことだ？」

「今、私の誘いに乗ったら、私を殺せるかもしれないってことよ」

「僕はただ君を殺したいわけじゃない。バレずに殺したいんだ。捕まったら意味がない」

「だからよ！　貴方、今朝の確率覚えている？」

「５・７％……ぐらいだったか？」

「そう、最近下がってきているんじゃない？　いいのそんなことで？　私と出かけたらどこかで確率が跳ね上がるかもしれないわよ！　もし、私が人ごみの中で貴方に背中を刺されてしまって、その犯人が貴方だと確定できる要素がなかったら貴方は捕まらない。けれどそのためには人ごみに行く必要があるわ」

「君を殺す話をしているのに愉快そうだな」

「今日は一日愉快な気分でいたいのよ。大丈夫、背中は貴方に預けるわ」

「刺されるためにか?」

「あら、抱きしめてくれてもいいのよ?」

クスリと笑う彼女につられて笑みが零れた。結局、そのまま押し切られるようにして、僕と彼女は初めてデートをすることになった。


市内を走る路面電車に乗って宮島口《みやじまぐち》の駅まで行き、そこからフェリーに乗った。目的地は県内で一、二を争う観光地である宮島だ。正確に言うなら、そこにある水族館である。観光地に向かう船ということもあり、フェリーは人で溢《あふ》れかえっていた。僕らはクーラーの効いている室内から追い出され、船の欄干《らんかん》から近づいてくる宮島の大鳥居《おおとりい》を眺めていた。夏の太陽が瀬戸内《せとうち》の静かな海をキラキラと光らせて、湿った潮風が鼻の頭を濡らした。

家から出るときは、せっかくの休日になんで……と不機嫌だった僕だが、頬を撫でる夏の雰囲気に気分はどこか高揚していた。彼女のほうも終始笑顔で、真っ白いワンピースをはためかせながら、僅《わず》か十分間の船旅を楽しんでいるようだった。

「ここから君を海へ突き落そうか。これだけの人だ、君が一人海に落ちたぐらいじゃ誰も気づかないだろう」

僕はいつもの調子で彼女にそう言う。周りの目が一瞬ぎょっとしたけれど、その言葉を向けられた彼女が嬉しそうに笑うものだから、みんな冗談だと思ったらしい。

「どうかしらね。こんなに沢山の人数が乗っているんだもの、貴方の犯行を見る人も多いかもしれないわ。私のおすすめは帰りのフェリーよ？　夕方や夜なら人も少ないし、落ちた私を見つけるのも難しくなるわ」

「おや、今日は命乞《いのちご》いかい？　珍しい」

「勘違いしないでほしいのだけど、私が乞うているのは貴方の愛だけよ？」

彼女はいつも冗談なのか本気なのかよくわからないことを言う。そもそも彼女は本当に僕を愛しているのだろうか。

「それはないな……」

逆の立場になってみれば、答えはすぐに出た。こんな愛想も思いやりもない僕のことを彼女がどうこう想っているはずがない。そもそも想われたくもないのだが……ならばなぜ彼女は僕を構うのだろうか。それはフェリーに乗っている十分間では答えが出せない問いだった。

　フェリーを降りる僕らを出迎えたのは人懐っこい鹿だった。夏の日差しが暑いのか、陰でのんびりと休んでいるものもいる。鼻先を近づけて甘える様に一見《いちげん》さんの観光客は皆、目を細めていた。

「ねぇ、見て！　すごく可愛いっ！」

　彼女は普段より一オクターブ高い声を出しながら、鹿に駆け寄った。そのはしゃいでいる様子はどこか子供じみていて、いつもの大人びた雰囲気を持つ彼女とは別人のような気がした。

「服、危ないぞ」

「え？」

「だから、服！」

　そう忠告したそばから彼女のワンピースの裾《すそ》は鹿に食べられてしまう。彼女は騒ぎながら服を引っ張るが、鹿もなかなか離してくれない。最終的に僕が手助けをして、ことなきを得たのだが、彼女の真っ白いワンピースの一部は汚れてしまっていた。

「君は宮島に来るのは初めてなのか？」

　心なしかしょんぼりと肩を落とす彼女に僕は問いかけた。ここの鹿が見た目に反して可愛くない行動をとるのは、宮島に訪れた経験がある者ならば誰もが知るところだ。子供の頃に悪戯好きな鹿に追い掛け回された経験がある者も地元民の中には少なくはない。

彼女は僕の問いに一つだけ頷くと「貴方は？」と返してきた。

「僕は、まぁ、何度か……」

「誰と？」

「両親とか、友人とか、そのあたり……」

「デートは？」

「宮島には来たことがないかもね」

「じゃぁ、デートでは初めてなのね」

嬉しそうにそう言う彼女に僕は閉口した。口を開けば否定の言葉がいくらでも出てきそうだったからだ。そもそも僕はこれを〝デート〟だなんて思っていない。しかし、嬉しそうな彼女に水を差すのも忍びなくて、僕は口を閉ざすことを選んだのだった。

「あ、いいことを考えたわ！」

まるで一世《いっせ》一代《いちだい》のひらめきをしたかのような声を彼女が出す。僕は黙ったまま、片眉を上げた。

「私を殺したあと、ここに死体を置いておけばいいんじゃないかしら！　そしたら鹿がその死体を処理して……」

「するわけがない。宮島の鹿を勝手に肉食にするのはよしてくれないか？」

この一帯にいる鹿が全部肉食になってしまったら、それこそ宮島は誰も入れない島になってしまうだろう。それはとても怖すぎる。思わずそうツッコむと、彼女はクスクスと笑って「冗談よ」と肩を竦《すく》めた。

大鳥居を右手に、僕らはお目当ての水族館へと歩を進めた。途中にある商店街で小腹を満たして、大きなしゃもじの前で促《うなが》されるまま写真を撮った。写真の中のしかめっ面《つら》な僕を指して、彼女は肩を揺らして笑う。「お見合い写真のときと一緒だわ」と。何がそんなにおかしいのか、僕には到底わからない。

しばらく歩いていると、朱塗《しゅぬ》りの社殿《しゃでん》がその姿を現した。厳島《いつくしま》神社だ。厳《おごそ》かで神秘的なその社《やしろ》は、彼女の目をも釘付けにした。

「綺麗ね……」

うっとりとそう息をつく彼女の視線の先には一組の男女がいた。女性のほうは白無垢《しろむく》で、男性の方は紋付袴《もんつきはかま》。どうやら厳島神社で結婚式をしているようだった。彼女が綺麗だと指したのが厳島神社なのか、朱の中で映《は》える白無垢なのか、それはわからない。しかし、結婚式もしていない、二人の間に確固たる絆《きずな》もない、そんな出来損《できそこ》ない夫婦の片棒を担《かつ》いでいる僕は、なぜか少しだけ申し訳なくなった。

水族館の中は外のうだるような暑さからは隔離された別世界だった。隅々までエアコンが効いていて、ここまで来るために流した汗を取り払ってくれるようだった。

「涼しい」

「そうだね。ここまで割と距離があるし、外は暑かったから……」

彼女の漏らした独り言に僕が返事をすれば、彼女は驚いた顔で僕を見つめた。

「何？」

「いいえ、デートって楽しいんだなって実感したの」

「まるで、今まで一度もデートをしたことがないような口ぶりだね」

「あら、そうよ。私、今まで男性と二人っきりで出かけたことなんてなかったの。文字通りの箱入り娘。……悪いかしら？」

彼女はにこりと笑って僕の顔を覗き込む。僕はその視線から逃れるように顔を逸らした。

「いいや、誰にでも初めてはあるものだ。別に悪いとは思わないよ。ただ……」

「ただ……？」

「初めてが僕で良かったのかい？」

「あら、貴方と行かないなら誰と行くの？　私たち夫婦じゃない」

『でも、僕たちの間には何もないだろう？』

その言葉は僕の中だけで消化した。

それから僕らはトドやペンギン、スナメリやテッポウウオなんかを見て回って、アシカのショーで水をかけられたりした。彼女は終始はしゃいでいて、お土産をこれでもかと買い込んでいた。持てなかった分は僕が持ったのだけれど、それがまた重くて、彼女に小言を言ったりもした。まったく彼女は意に介していなかったようだけれど。

気がつけば時間は思った以上に経っていて、僕らは煌々《こうこう》と燃え上がる夕焼けの中、家路につくことになった。

帰りのフェリーは空《す》いていて、エアコンの効いている室内でゆっくり帰ることができた。隣に座る彼女は相当疲れたのだろう、隣でしきりに目を擦《こす》っていた。

「今ここで寝たら、貴方は私を海に落とすかしら？」

「そうだね、成功率は高そうだ。けど、今日は僕も疲れたから止《や》めとこうかな」

「ふふ、それなら安心して寝られるわね」

そう言う彼女は、結局帰りのフェリーの中で一睡もしなかった。

彼女との初めてのデートは楽しかったか、楽しくなかったか、の二択ならば、きっと僕は楽しかったのだと思う。久しぶりの水族館ということもあり、年甲斐《としがい》もなくはしゃいだ気がする。確率なんて調べる余裕もないぐらいに心が躍《おど》った日だった。隣で微笑む彼女に対して、そのときばかりは感謝したくなったのも覚えている。

夜になって、夕食はいつも通りに家で食べることにした。彼女も僕も疲れていたし、僕はどこかで食べて帰っても良いと言ったのだが、そこは彼女のたっての希望ということで押し切られた。夕食は出かける前にあらかじめある程度用意していたらしく、帰ってから三十分もしないうちに準備ができたようだった。

いつもより少し豪華で、好物ばかりが並ぶ食卓を見渡して、僕はそこでようやくカレンダーを見た。

「僕の誕生日か？」

「あら、忘れていたのね。毎年、一応祝っているつもりだったのだけど」

思い返してみれば、一年に一回少し豪華で好物ばかりが並ぶ日があった気がする。何の気まぐれなのかとそのときは気にしなかったが、誕生日だったのだと今更ながらに気がついた。

「ありがとうは言わないぞ」

「今言ってもらったので十分だわ」

「君の誕生日を祝う気もない」

「私がしたかっただけだから気にしないで」

「……」

「生まれてきてくれてありがとう」

「……どういたしまして」

あとから考えると、ただ気恥ずかしかっただけなのだとわかるが、そのときの僕は混乱していて、この女大丈夫か？　と思っただけだった。

どうして何も返そうとしない僕にここまでできるのか不思議でたまらない。


それからやっぱり僕の態度は変わらないし、彼女の態度も変わらなかった。

ただ月に一回程度は一緒に出掛けるようになった。

僕は彼女を殺すために。彼女は僕とデートするために。


殺す気があったのか？　と聞かれれば、最初からなかったと答えるしかない。

彼女に良い感情を持ってなかったのも本当だし、彼女が死んでくれれば……と思わなかったこともないのだが、殺すなんてリスクが高いこと、小心者の僕には選択肢として用意できなかった。

ただ、一応夫婦となった彼女との話題としてちょうど良かっただけなのだ。

それを恐らく彼女も知っている。知っていて、掛け合いに出してくる。そしてその事を全て了承済みで、僕はその掛け合いに乗っている。

どうしてなのか。それはなんとなくわかりかけていたけれど、僕は慌てて蓋《ふた》をした。

だってもう、今更だ。


それからまた二年の月日が経って、僕らは結婚して五年になった。

「今日は『2・564％』だったよ。最悪だ。低すぎる」

「私の平穏はまだ続きそうで安心したわ」

「君はいつも変わらないじゃないか。平穏そのものだ」

「そうでもないわよ。今日の魚は焼きすぎちゃってね、丸焦げよ」

「僕のは普通みたいだけど」

「貴方のは慌てて焼き直したの。ほら見て、丸焦げ」

そう言って自分の皿の魚を指して苦笑いを浮かべる彼女。そんな彼女の皿と自分の皿を交換して僕は朝食を始めた。

「いいの？　そっちは丸焦げよ？」

「君こそいいのかい？　僕はその皿に毒を仕込んだかもしれないよ？」

「貴方が仕込んだ毒なら食べてみたいわ」

「じゃぁ、どうぞ」

「いただきます」

いつものように朝食を食べながら、僕は時計を見る。そこには時刻の他に日付が表示されている。

もう五年経った。

正直、潮時《しおどき》かなと思ったのだ。

朝食をしている彼女を目の前にいつもの未来予測をする。メガネのレンズに映る数字を見て溜息をついた。

『1・524％』

やっぱりだ。低い。先ほど彼女に言ったのは1％増やした数字だった。今朝見た確率は『1・564％』。ちなみにその増やした1％は取るに足らない意地の結晶だ。

以前この【未来予測システム】に詳しい友人に自分がしている未来予測と、僕たち夫婦のことを話したことがある。年々低くなっていくこの未来予測の確率が気になったからだ。

馬鹿だなお前、と呆《あき》れられたあと、彼は懇切《こんせつ》丁寧に説明してくれた。

彼が言うには、『妻を殺してもバレない確率』なんていうのは、そもそも条件を設定した本人が『殺す』なんて選択をするのかどうかというところから計算に入るらしい。つまり、年々確率が減っているというというのは、僕の気持ちが変化しているからだろうと言うのだ。

そんな馬鹿な。そう思ったあとに、もしそうだとして今更どうしろというのだ。と苦しくなった。彼女に酷いことばかり言っておいて、女とも扱わずに、記念日なんてものは無視して、彼女から与えられる物だけをただ甘受《かんじゅ》してきたのだ。

五年間だ。五年間。

今更どの面《つら》下げて君を大切に思っているなんて言えるのだろうか？

結局僕はその後も、彼女の想いを甘受するだけの日々を選択した。

でももう、終わりにしよう。潮時だ。愛しているかなんてわからないが、僕はきっと彼女のことを大切に思っている。そのことを伝えようと思う。

今日は彼女の生まれた日だ。

僕は朝食を終え、いつものように仕事に出かけるために身支度を整えた。彼女はいつものように玄関まで送ってくれる。薄く唇を開いて、僕は消え去りそうな声を出した。

「行ってきます」

「……はい。行ってらっしゃい」

彼女が泣きそうな顔で微笑むものだから、なんだかうれしくなって、もう一度行ってきますと口にした。先ほどよりも少しはっきりした声で告げると、彼女が今にも泣きそうだったから慌てて去るように家を出た。

ここが帰る場所、そう思いたくなくてずっと言ってなかった『行ってきます』という言葉。あんなに喜ぶなら、もっと早く言ってやれば良かったと会社に向かう道すがら思った。

やりなおそう。

そう素直に思えた。花束でも買って帰ろう。ケーキはもう予約してある。今まで祝えなかった分ちゃんと祝ってやろう。プレゼントは何が喜ぶかわからなかったから一緒に買いに行こうと思っている。まずはそこからだ。僕は彼女の好みも何も知らない。彼女は何も言わない僕の好みを完全に把握しているのに、恥ずかしい限りだ。でも、これから知っていこう。たくさん時間はある。僕らは夫婦だ。

会社にいる時間があんなに長いと今日初めて知った。

営業先に挨拶をして、今日はそのまま直帰の予定なのでその足で花屋に寄った。

何色の花が好きなのかわからないから定番のバラをチョイスして包んでもらう。本数を聞かれたので適当に百本と言うととてつもない量になった。それでも今日用意している分しかないからと、七十本に減ったのにもかかわらずだ。

バラの花束を受け取ると、顔に当たってメガネがカランと音を立てて落ちた。衝撃で今朝の履歴から未来予測がすぐに起動する。

『25・283％』

そこに映った数字に目を見開く。慌ててメガネをかけ直すと一秒ごとに数字が変わるのが目に映る。

『32・154％』

『38・259％』

『42・985％』

数字は目まぐるしく上昇し、とうとう50％を超えた。

『妻を殺してもバレない確率　52・385％』

それを見た瞬間、僕は弾かれるように走り出した。

以前、夫婦のことを相談した友人が言っていた言葉を思い出す。

『お前がもし奥さんの事を大事にしたいと思って、その気持ちの上で確率が50％を超えることがあったら注意しろよ。お前がどうしたいかにもかかわらず、そうできうる状況になったってことだ』

どういうことだ？　と尋《たず》ねた僕に友人はさあなと笑うだけだった。

そうできうる状況？――なんだそれは。そう思いながらも僕の足は家路を目指す。彼女の顔を思い浮かべて、冷や汗が流れた。

気がつけば、ポケットの中にある携帯電話がけたたましく鳴り響いている。僕にはそれが何かの警鐘《けいしょう》に聞こえて仕方なかった。


警鐘？　危険なのか？　だれが？　もしかして――……


結局、携帯電話を取らないまま、僕は走り続けた。そして、偶然通りかかった電気屋の前で僕は足を止めた。そこで流れるニュースに妻が映っていたからだ。

『交通事故　ダンプカー　衝突　重体』

必死で流れてくる情報を整理する。最後のトドメにもう一度彼女の写真がアップになる。僕はそこで膝を折った。

そこから先はあまり覚えていない。ようやく取った携帯電話の奥で義父が何かを叫んでいるように聞こえたが、僕に届くことはなかった。

彼女は眠っていた。病院のベッドでたくさんの機械を取り付けられながら。

身体を覆う包帯が痛々しくて目を逸らしたいけど、初めて見た彼女の眠る顔があまりにも綺麗だったから逸らせなかった。

「誕生日おめでとう」

最初に出た言葉がそれで、

「今まで本当にごめん」

次に出た言葉が謝罪だった。

幸い部屋の中には自分と彼女の二人っきりしかいなくて、僕は彼女の隣に座りながらまた未来予測をした。

『妻を殺してもバレない確率　99・274％』

そうだろうな、と思った。感情なんか介入する暇もなく目の前のボタンのどれか一つでも押してしまえば彼女は死ぬだろう。それで足が付くと言うのなら、彼女の首をそっと絞めればいい。

以前友人が言っていた「設定した本人が『殺す』なんて選択をするのかどうかというところから計算に入る」というのは、言うなれば躊躇《ちゅうちょ》なのだ。殺すという段階に入って途中で足を踏みとどまるか、ということ。

今の彼女は躊躇する前に死んでしまう存在なのだ。たった少しでも僕がそうしようとすれば彼女は死んでしまう。

「ねぇ、今日の確率は0％だったよ。低いどころの騒ぎじゃないね」

僕はいつものように彼女にそう言った。だって確率は0％なんだ。メガネのレンズに表示されているのは『99・358%』だったけれど、僕は彼女に生きていてほしかったから確率は0%。僕が彼女を殺すなんてありえない。

「今日の君の平穏は約束されたよ。いつまでもそこで寝てないで、お弁当でも持って一緒に公園へ行こう。言ったことはなかったけれど、僕は君の作るあの甘い卵焼きが大好きなんだ。君が作ってくれた唐揚げも美味しかった。一生懸命作ってくれたお弁当をいつも僕は無言で食べていたね。それでも君が嬉しそうに笑うから、僕はそのままでいいと思い込んでしまっていたんだ」

ゆっくりと温めるように冷たくなりそうな頬を撫でる。そこにいつも通りの朱が指すことを願いながら。

「今日初めて知ったんだ、君が『行ってきます』と僕に言ってほしかったこと。僕は変な意地で今まで言わなかっただけで、もうとっくにあそこは僕の帰る家になっていたのに。君を泣かせてしまったね。僕がいないところでも泣いていたんじゃないかと思うのは、僕の自惚《うぬぼ》れかな？　もう君を泣かせないよ。本当だ。誓うよ」

嗚咽《おえつ》が喉の奥までせりあがる。鼻の奥がツンと痛み、僕は堪《こら》えきれず涙を流した。

「本当にごめん。今まで待っててくれてありがとう。今、君の声が聞きたい。猛烈に」

彼女の手のひらが白《しら》むぐらい強く握ってしゃくりあげた。うまく言葉にできたか自信がない。それでも、これだけは伝えないといけない気がしたんだ。

「愛しているんだ。帰ってきてくれ、由梨《ゆり》……」

結婚六年目の記念日を、僕らは病室で過ごした。

結婚記念日と由梨の誕生日は近かったので彼女が寝たきりになってから一年が経とうとしていた。由梨は世間一般で言うところの植物状態になってしまった。

「君は植物になったんじゃなくて、眠っているだけなのにね？」

そう彼女に語りかけると、今日は一段と綺麗に笑ってくれた気がした。

僕はいつも由梨がそうしてくれていたように、毎日部屋の花を替え、他愛《たあい》もないことを話しかける。身体を拭いて、天気が良ければ窓を開けて一緒に日向《ひなた》ぼっこをした。食事は目下のところ練習中で、目覚めたら一番に食べてもらおうと只今躍起《やっき》になっているところだ。

「ねぇ由梨、今日の確率も０％だ。君の平穏は今日も無事だよ」

『96・783％』

一年で3％しか下がらなかった数字を見て、僕は少し微笑んだ。大丈夫、まだ待てる。いつまでも待てる。だからゆっくり帰っておいでと。

先日、先生から『生命維持装置を止めるのも視野に入れといてください』と言われた。回復の見込みは薄いそうだ。その言葉に僕は思わず病院の壁を殴ってしまっていた。力いっぱいに殴ったものだから拳《こぶし》に血《ち》が滲んでしまったけれど、彼女の痛みに比べたら蚊《か》に刺された程度だと思うことができた。


それから半年、義父も諦めたようだった。

でも、僕は諦めなかった。諦めそうになるのを必死で堪えて、応えない君に必死に話しかけた。今日はこんなことがあった。明日はこうしよう。いつか君と一緒にこんなことがしたい。思いつく限りのいろいろなことを僕は彼女に語りかけた。

それでも、彼女は応えない。いつも強気だったその瞳を瞼で隠したまま、いつ起きるのかわからない眠りについてしまっている。呼吸器が空気を送り出す音と心臓が動いていることを示す電子音だけがいつも部屋に響いていた。


そしてもう半年、僕らは結婚して七年目を迎えた。

話しかけても応えない彼女を見ながら、僕の応えない五年間を想った。

こんな感じだったのだろうか、応えない僕を相手にするのは……

こんな虚無感《きょむかん》を彼女に味わわせていたのだろうか……

今日は彼女の誕生日だというのに目の前が霞《かす》んでどうしようもない。頬を流れる涙を拭《ぬぐ》うことなく、僕は由梨に話しかけた。

「誕生日おめでとう。あのとき君に贈れなかったバラの花束を買ってきたよ。今度はちゃんと百本だ。すごいだろう？　プレゼントは目が覚めたら買いに行こう。七回分だ何を願ってもいいよ。君が何を欲しいか僕はまったく知らないからね。今度じっくり教えてくれ」

「ねぇ、今日の確率も0％だったんだ。君はどうしてそこで寝ているの？」

『92・693％』

「君は何色が好きなんだ？　どういう趣味を持ってるんだ？」

『85・696％』

「僕がいない間何をしていたんだ？　何の花が好きなんだ？」

『68・258％』

「今度子供の頃の写真も見せてくれ、君はどこの高校を出たんだ？」

『51・258％』

そこまで来て、はっとした。数字が下がっていることに気がつかなかった。数字はどんどん下がる。僕の心拍数は反比例のようにどんどん上がっていく。

まさか　まさか　まさか

『32・258％』

『20・258％』

『12・258％』

『3・178％』

『0・001％』

「おはよう、由梨。今日はずいぶんとお寝坊さんだったね」

酸素マスクの向こうで形の良い唇がそっと笑う。大きな瞳が僕を映して小さく揺れた。

「おはよう。昌弘《まさひろ》さん」

声は出なかったけれど、そう動いた唇の形に僕は泣き崩れた。

そして結婚して十年が経った。僕はまだあの習慣を続けている。

『0・061％』

それが今日の結果だ。

ベッドから起き上がり隣にいる由梨を撫でると、その奥の小さな命が今日も元気に泣き出した。

あの子が
同じ電車に
乗ってくる
確率

俺の目尻がもう少し下がっていたら、
俺の表情筋が今より豊かに動いたら、
俺の顎《あご》の辺りにある傷がなかったら、

毎朝、鏡を見る度にそんなタラレバを考えてしまうぐらいには、俺は自分の顔に辟《へき》易《えき》していた。つり上がった三白眼《さんぱくがん》に強《こわ》ばった表情、想像力をかき立ててしまうような顎の傷。さらにはどちらかといえば大きな体躯《たいく》が、俺の意思とは関係なく周りを威圧する。

そう、俺はいわゆる《顔が怖い人》らしい。

どう怖いかというと、幽霊的な怖さではなく、ヤのつく自由業を営《いとな》んでいる人的な怖さだというのだ。

ピアスだって開《あ》けていないし、髪の毛だって染めていない。顎の傷は小学校のときに彫刻刀で誤ってつけてしまったもので、人を傷つけるような喧嘩なんて今の今まで一度もしたことがないし、学校だって体調が悪いとき以外は休んだことがない。

そんな平和主義者の優等生である俺を捕まえて《怖い》だなんて、まったくおかしいことなのだけれど、現実は俺にとても冷たかった。

道を歩けば一週間に一度は職務質問を受けるし、女性に声をかければ高確率で悲鳴を上げられる。喧嘩をしたことがないのも実は絡《から》んでくる人がいないだけで、たまにいたとしても本業さんからのスカウトだったりする。

まぁ、とは言っても、俺も高校二年生という学生の身の上だ。制服姿だと不良ぐらいに収まるらしく、学校中心である俺の日常は比較的穏やかなものだった。

夏休みが始まるまでは……

「はぁ……憂鬱《ゆううつ》だ……」

俺は溜息をつきながら母親から貰ったメモを眺める。そこには病院の名前と病室の番号が書かれていた。そしてもう片方の手にはフルーツの入っているバスケット。

そう、俺は今から母の代わりにお見舞いに行くのである。家から出る直前に職場から電話がかかってきた母は、俺にこのメモを渡すと矢のごとく家から飛び出していってしまった。まぁ、確かにこの熱い中、フルーツを一週間も放置していたら駄目になってしまうものもあるだろう。しかし、この凶悪な顔を人に晒《さら》したくなくて、夏休み中どこにも出かけることなく家に引き籠《こ》もっている息子に、その使命を託《たく》すのはいかがなものだろうか。「こんな顔に生まれたくなかった！」なんて親不孝な台詞、言ったことはないし思ったこともないけれど、責任の一端《いったん》は母にもあると思うのだ。何せ血を分けた親子である。

まぁ、そんな母は実の息子である俺が褒《ほ》めるぐらいには、美人でしっかりとしたキャリアウーマンなのだが……。

まったく遺伝子というのは恐ろしい。

「まぁ、仕方ないか」

俺は肺から空気を全て吐き出すと、背筋を伸ばし、気合いを入れた。家から一歩出たら、そこから先は戦場だ。今日は決して職務質問や女性の悲鳴には屈しない。心を折らせやしない。俺はそんな心持ちでもう一度メモ書きを見る。

お見舞い相手は俺もよく知っている近所のチヨおばあちゃんだった。昔はよく家にお邪魔して、キンキンに冷えた麦茶をごちそうになっていた。仕事で帰りが遅い母を一人待つのも寂しいと思っていた時代にお世話になったものだから、その恩は計り知れない。

「そういえば、最近お見舞いに行ってなかったし、良い機会か」

顔を上げると、陰気な俺と正反対な太陽が真上から見下ろしていた。

◆◇◆

広島電鉄横川《よこがわ》駅。

等間隔に並ぶ緑色の柱にアーチ状の鉄骨。ＪＲの駅と併設されているその路面電車の駅は、平日の昼間ということもあり閑散《かんさん》としていた。

俺は誰とも目を合わせないように少し先の地面を見つめたまま、柱の隅に隠れるようにして路面電車を待つ。一応制服は着用してきているが、何がどう転んで誰かを怖がらせてしまうかわからない。特に子供は要注意だ。目を見ただけで泣いてしまう。

俺だって怖がらせたいわけじゃないし、相手だって怖がりたいわけじゃないだろう。だから俺がこうやって隠れることが一番平和な方法なのだ。

そうこうしているうちに緑色の車体がホームに滑り込んできた。甲高いブレーキ音を響かせながら止まったその電車に俺は駆け足で乗り込む。車内には俺以外に二人ほどしか客は居らず、俺は二人用の席に腰掛けると隣にバスケットを置いた。

人が少なくて助かった。これで無事にお見舞いを済ませられそうだ。

そんな少しだけ安心した気分で俺は緑色の座面に身体を埋めた。

路面電車は緩やかな速度で道路を駆ける。そのスピードは全速力の自転車より少し速いぐらいだろうか。俺は窓の外を眺めながら病院までの道中を心穏やかに過ごしていた。

しばらくそうしていて、車内にも僅かに人が増えたと思えたとき、窓の外を眺めていた俺の目の端を何かが掠《かす》めた。そうして、ぼて。とも、ぼた。ともつかない音が耳《じ》朶《だ》に届く。

俺はその音に反応して隣を見た。すると、隣にあるフルーツバスケットの上に一冊の手帳が落ちていたのである。手のひら大の小さな手帳だ。手に取ってみてみると、紺色《こんいろ》の表紙には見たことがない高校のマークがエンボス加工されている。

「これって生徒手帳……？」

俺がそう呟いた丁度そのとき、エアーコンプレッサーが空気を吐き出す音が聞こえた。電車のドアが閉まったのだ。俺は慌てて先ほど電車を降りた人物を窓から確認する。

降りた人は全部で三人。四十代ぐらいの主婦とみられる女性と腰の曲がったおじいちゃん。そして、俺と同年代と思われる女の子。

俺は生徒手帳を開き、写真の中の人物とその降りた女の子を照らし合わせた。

「あ、あの子っ……！」

そう息を飲んでしまったときにはもう電車は発車していて、俺は為《な》す術《すべ》もなく彼女の背中を見送るしかなかったのだ。

◆◇◆

「これ、どうするかな……」

お見舞いを終わらせ、職務質問を受けることなく、また誰も泣かすこともないまま家に帰った俺は、自室のベッドに寝転がり、あの拾った生徒手帳を眺めていた。

手帳を開くと気の強そうな女の子が自信満々な笑みをたたえている。頭の上で結わえている髪の毛が彼女の気の強さを表しているような気がした。そして、その写真の下には名前と彼女の生年月日。生まれた歳から読み取るに、彼女は俺と同じ歳だ。

「【速水陽葵《はやみひまり》】か……」

まるで夏を象徴する花のような名前が写真の彼女にぴったりだ。同じ植物から取ったものでも【柊二《しゅうじ》】という俺の名前とは真逆の印象を受ける。まぁ、花より棘《とげ》ばかりが目についてしまう柊《ひいらぎ》は、凶悪な顔を持つ俺にはふさわしい植物なのだろうけれど……。

そして手帳の最後のページには、わざわざ小さく印刷し直した家族写真が貼り付けてあった。これは彼女の入学式の写真だろうか。学校の正門を背に彼女を挟むようにして一組の男女が並んで立っている。無理矢理小さく印刷したためか、両親であろう人物の顔はつぶれてよく見えない。けれど、丁寧に貼り付けられたその写真を見て、彼女はこの手帳を大切にしているのだと理解した。

「明日、探してみるか」

あいにく路面電車の停留場にはＪＲのような係員はいない。今まで電車の中で落とし物など拾ったことなどないからとっさに持って帰ってしまったけれど、本来ならきっと運転手に渡すのが適切なのだろう。

明日、見つからなければそのとき運転手に託せばいい。そう思いながら俺は、長くて深い溜息を肺から吐き出した。

「……憂鬱だ……」

◆◇◆

翌日、俺は昨日と同じように横川駅にいた。道中、三人の子供を泣かせてしまったことも相《あい》まってか、俺は昨日より頭を下げて電車を待つ。

夏の本番を告げるような蝉《せみ》の声が耳につき、身体から噴き出る汗が落ち込んだ気分を更に加速させるようだった。昨日と同じ時間に滑《すべ》り込んできた電車に飛び乗れば、エアコンの効いた車内の空気が身体を包んだ。俺は昨日の行動を模倣《もほう》するかのように同じ席に座ると、隣には生徒手帳と財布が入っているだけの鞄を置く。

「あの子、来るかな……」

車内には昨日と同じように数人の乗客しかいない。俺はおもむろに腕時計型ウェアラブル端末の、【未来予測システム】を起動させた。

『あの子が同じ電車に乗ってくる確率』

そう入力し終わると、システムがすぐさま『あの子』の詳しい説明を求めてくる。俺は出てきた項目に手帳から得た彼女の名前と生年月日を入力し、ＳＴＡＲＴのボタンを押した。このシステムは未来予測を確率で表示するというものなので、確実性があるというわけではない。しかし、目安ぐらいにはなるだろうと思ったのだ。

『５５・５１８％』

数秒のタイムラグのあとに出てきた数字はなんとも微妙なものだった。五分五分というよりは多少高く、かといって彼女が乗ってくるのを確約するほどの数字ではない。俺はその数字を一瞥《いちべつ》すると、システムを起動させたまま窓の外に目をやった。もしかしたらどこかで、彼女が乗り込んでくる瞬間、確率が上がり始めるんじゃないかと思ったからだ。

『５５・８３６％』

『５４・９９６％』

『５５・６４３％』

しかし、刻一刻と変わるその数字は55％前後をキープしながらほとんど変わらない。

そうしているうちに電車は昨日俺が降りた駅に到着してしまった。

俺はどこか落胆した心持ちで電車を降りる。すると、俺が降りるのと同時に一人の女の子が電車に乗り込んでくるのが見て取れた。その横顔に、動く度に跳ねるポニーテールに、俺は目を見張る。そして、慌てたように腕時計を見た。

『98・763％』

『48・893％』

確率が急に下がったのは、俺が電車のタラップを降りたからだ。つまり、たった今電車に乗った彼女は【速水陽葵】本人である。

俺は反射的に電車の出口から入り口のほうに周り込むと、再びICカードをかざした。甲高い電子音が鳴り、とりあえず乗り込めたことに安心して顔を上げれば、電車の乗客が一斉にこちらを見て目を丸くしていた。

もちろん【速水陽葵】さんも、である。

確かに降りたばかりの乗客が、一人の女の子を追いかけるようにして再び電車に乗ってきたら、それは驚くだろう。不審者と間違えられてもおかしくない。更に言えば、この凶悪な顔が俺をまさしく不審者に仕立て上げていた。

「降りるのここじゃなかった、なぁ……。あはは……」

そんな乾いた笑いを吐き出しながら、俺は彼女と少し離れた位置に腰掛けた。この状況で近くに座る勇気など俺は持ち合わせていない。確率を見れば当然のごとく『99・654%』という数字を弾き出している。

彼女もしばらくは俺のほうをちらちらと見ていたが、俺が何もしてこないとわかると携帯電話をポケットから取り出して、何か調べ物をし始めた。

さて、どうするか。

俺は斜め後ろの席から彼女を観察しつつ、首を捻《ひね》った。この電車の中で声を掛けるのはさすがに躊躇《ちゅうちょ》してしまう。先ほどのことで周りの目もあるし、彼女自身からも相当警戒されてしまっているだろう。しかし、このまま彼女と別れるのもなんだか惜しい気がする。

そもそも、俺は彼女が落とした手帳を届けるためにわざわざ出向いてきた善良な一般市民なのだ。何も後ろめたいことはないし、彼女とお近づきになりたいだなんて少しも思っていない。よからぬことをしようだなんて、頭を掠《かす》めてさえもいない。

しかし、ここで俺が声を掛けると彼女が怖がってしまうのもまた事実だろう。

そんなことを考えている間に、目的地に着いたらしい彼女はおもむろに立ちあがった。電車はまだ緩く動いているが、ブレーキをかけ始めている。俺はどうしようか散々迷って、彼女が電車を降りるタイミングで一緒に電車を降りた。

だが、降りたはいいものの、やはり話しかけるのは躊躇してしまう。彼女もそんな俺を置いて足早に歩き去ろうとする。俺は決死の思いで彼女の左腕を掴《つか》んで声を掛けた。

「あの……っ！」

「きゃぁあぁっ‼」

耳を劈《つんざ》く叫び声が聞こえたかと思うと、次の瞬間、左頬に衝撃が走った。乾いた音が辺りに響いて、周りにいた人が次々に振り返る。

俺は何が起こったかわからないまま右を向いた状態で固まってしまった。頬を叩かれたのだと気づいたときには、彼女は走り去ってしまっていて、俺はただぽつんとその場に取り残されてしまった。

◆◇◆

翌日の午後三時過ぎ、俺は再び横川駅にいた。彼女の生徒手帳を路面電車の運転手に落とし物として渡すためだ。もう、さすがの俺も彼女に直接生徒手帳を返そうだなんて考えていない。あんな思いは一度で沢山だ。俺の心はそんなに強くできていない。昨日の帰りに運転手に渡せなかったのは、頬を叩かれたあまりのショックに失念してしまっていたからだ。心がポッキリと折れてしまった。

電車を待ちながら俺は昨日叩かれた左頬を撫でる。彼女に腹を立てているとかそういうのはまったくなくて、ただただ声を掛けただけなのに拒絶をされたその事実が胸に刺さった。

まぁ、確かにこんな恐ろしい顔の男が声を掛けてきたのだから、当然と言えば当然だろう。まったく、無理をして出て来るんじゃなかった。良いことをしようとなんてするもんじゃない。

そんな後悔に浸《ひた》っていると、程《ほど》なくして電車が滑り込んできた。

路面電車の入口と出口はバスのようにはっきりと分かれていて、入口は電車の中央部分、出口は運転手や車掌の近くに配置してある。

俺は運転手側に近い出口のほうからのっそりと顔を覗かせると、運転手に声を掛けた。

「あの……」

「アンタ……」

その声と丁度重なるように女性の声が耳朶を打つ。顔を上げれば、丁度電車から出ようとする女性と目が合った。

「あ」

彼女だった。

【速水陽葵】さんだった。

彼女は大きな目をこれでもかと見開いて、俺を見たまま固まってしまう。一方の俺も、思いも掛けない再会に口を半開きにしたまま固まってしまっていた。

互いに固まったまま数秒。

そんな意味のない沈黙に耐えきれなくなったのは、俺のほうが先だった。

「あの、【速水陽葵】さん？」

「な、なんで、私の名前――……」

目の前で青い顔をして絶句する彼女に、俺は自分の声の掛け方がマズかったのだと気がついた。

「あ、えっと、俺は不審者じゃなくて……っ」

そう言う間にも彼女は俺から遠ざかるようにじりじりと下がっていく。あぁ、これはまた逃げられるパターンだな、と心の中で苦笑いを浮かべたそのとき、彼女が突然すっころんだ。後ろに。

「だ、大丈夫⁉」

思わず目を瞑《つぶ》ってしまいそうになるほど華麗に転《こ》けた彼女に、俺は思わず駆け寄った。しばらく目を回していた彼女だったが、目の前に迫った俺を見るなり「ひっ」と引きつった声を上げる。

その声に俺は後ろに飛び退《の》いた。

「あ、あの、俺は不審者じゃなくてっ！　これっ！　落としたからっ‼」

そう言いながら、俺は彼女に生徒手帳を差し出す。

「名前もこの中身見ちゃっただけでっ！　昨日、声かけたのもこれを返したい一心でっ！」

俺の下手《へた》な説明に彼女はぐっと押し黙る。そして生徒手帳と俺を見比べたあと、恐る恐る手帳に手を伸ばした。そうして、中身を確認すると今度は俺を頭の先からつま先まで、まるで値踏みするように眺めた。

「もう出発するよ。乗るの？　降りるの？」

彼女が「ふーん」と声を漏らしたと同時に、運転手の迷惑そうな声が耳に届く。俺らは互いに目を合わせると、同時に「降ります」と口にした。

去って行く電車を見送りながら、俺は一仕事終えたと息をつく。これでようやく安《あん》寧《ねい》の我が家に帰れるというものだ。もう、本当に、夏休みのような大型連休は家から出ないに限る。この凶悪な顔を晒さないためにも、自分の心を守るためにも。

俺は小心者で臆病者なのだ。

「確かに渡したから、それじゃ……」

「まって！」

そう言って去ろうとしたとき、鋭い声が俺を制した。

「さっき転けたとき、たんこぶできたんだけど……」

「え？」

「責任取ってもらえる？」

彼女は、【速水陽葵】さんは、高圧的にそう言った。睨《にら》みつけるような彼女の視線に、俺は思わずたじろぐ。先ほどまでの怯《おび》えたような表情は一体どこに行ってしまったのだろうか。怯えられるのは悲しいものがあるが、こうやって高圧的に睨みつけられるのも辛いものがある。

「せ、責任？」

「そう」

「お金とかなら、あんまり持ってないんだけど……」

「違うわよ。別にアンタみたいなのからお金巻き上げようとか思ってないわ。……アンタここら辺住んでいるのよね？　案内してもらいたいんだけど……」

「案内？」

話を聞けば、彼女は夏休みを利用して東京から広島にいる祖母の家に遊びに来ているらしい。しかし、こちらには友人もいない上に土地勘もないので、暇を潰すために広島観光なるものをしていたというのだ。その観光案内を俺にしてもらいたいと彼女は言う。

「なんで俺……？」

「何よ、嫌なの？」

嫌か嫌じゃないかと聞かれれば、嫌だ。

別にインドアというわけではないけれど、この凶悪な顔を晒して歩くぐらいなら毎日家に籠もっていたいというのが本心だ。しかし、『転んだ責任を取れ』と言われているのだから、ここで「嫌です」とは言いにくい。それに、確かに彼女が転んだ責任の一端は俺にあるだろう。全部ではないにしても、もしかしたら半分ぐらいは俺のせいかもしれない。それならば、そのお詫《わ》びにと彼女に付き合うのは道理かもしれない。

そう思う反面、どうしようもなく気は進まないのだが……

彼女は俺のだんまりをどう取ったのか、ニヤリと口の端を上げると、まるで宣戦布告をするかのように人差し指を突きつけてきた。

「明日、広島城に行くから！　遅れるんじゃないわよ」

彼女と交わした約束に時間が指定されていないと気づいたのは、ちょうどその日の夕食を食べているときだった。連絡先さえも交換していない。

「ほんと、何やってるんだか……」

そんな呟きはエビフライと一緒に飲み込んだ。

◆◇◆

翌日、時間指定のない約束に間に合わせるため、俺はこの夏休み一番の早起きをして路面電車に乗り込んだ。

「『遅れるんじゃないわよ』って、何時になったら『遅れた』って判断になるんだよ」

早朝の電車に乗り込んだ俺はそうぼやく。夏休みの学生の団体に当たってしまったためか、電車の中はいつもより混雑していて、俺は凶悪な顔をしかめながら電車に揺られていた。そして、運良く窓側の席を確保していた俺は窓に張り付くようにしながら腕時計を見る。そして、【未来予測システム】を立ち上げた。

『あの子が同じ電車に乗ってくる確率』

それを調べたのは、彼女ももしかしたら同じ電車に乗り込んで来るんじゃないかと思ったからだ。別に同じ電車じゃなくても構わないのだが、観光地にもなっている広島城で、あんなに人通りが多い広島城で、この顔を晒しながら一人ぽつんと待つのは辛いものがある。

『55・827％』
『55・246％』
『55・683％』

相も変わらず、システムはどっちつかずの数字をはじき出す。彼女が乗り込んできたときも同じような数字を出していたことを思い出し、俺はつぶさにその数字を確認していた。すると――……

『78・567％』

電車の頭が十日市《とうかいち》町に差し掛かったところで確率が跳ね上がった。そうして瞬《また》く間に上昇した確率は、十日市町の停留場で電車が停止した瞬間『99・873％』をはじき出す。その数字に俺が顔を上げると、入り口付近に跳ねるポニーテールが見えた。

丁度ＩＣカードをタッチし終えた彼女は俺を見つけるなり、人混みをかき分けるようにしてやってくる。そうして座ったままの俺を見下ろして「間に合ったじゃない」とニヤリと笑った。

広島城に着いた彼女は大きな門の前で呆然《ぼうぜん》としていた。広島城の天守閣《てんしゅかく》は他の現存する城と比べてそんなに大きくない。

「なんか、すごいわね……」

「あんまりお城とか見に行ったことない？」

彼女の呟きにそう返せば、彼女は口を尖《とが》らせながら「小学生以来かしら」と拗《す》ねるような口調で言った。

「早く案内しなさいよ！」

「あー、はいはい……」

彼女に急《せ》かされるように俺は鞄から昨日印刷した広島城の情報を取り出す。インターネットから引っ張って来ただけなのでまとまっているわけではないが、一日だけのガイドならこれで十分だろう。

「それじゃ、最初は……」

そうして俺の初めてのガイドは始まったのだった。

表御門《おもてごもん》に二の丸。本丸の下段、上段に、天守閣を周り、最後に護国《ごこく》神社を参拝すると、時刻は昼頃に差し掛かっていた。

「お昼とか、どうする？」

「何、一緒に食べたいの？」

「いや……」

　俺としては『お昼まで付き合わなくてもいいだろ？』という意味で聞いたのだが、どうやら彼女には違う意味に聞こえたらしい。彼女は俺をじっと観察するように見つめると、いつぞやのときのように「ふーん」と声を漏らした。

「今日はここまででいいわよ。今から一人で行きたいところもあるし」

「はぁ」

　彼女の返答に気が抜けたのか、思った以上に間抜けな声が出た。

　帰ってもいいなら、それはありがたい。彼女との広島城見学は決して楽しくないわけではなかったのだけれど、この真夏に飲み物を持たずに歩き回っていたので喉がカラカラである。途中で飲み物を買うタイミングもなかったので早く帰れるのならそれに越したことはない。

「じゃ、明日は原爆ドームね」

「え？」

「何？　原爆ドーム、知っているでしょ？」

「それは知っているけど……」

あまりの展開に正直頭がついていかない。明日？　もしかして明日も俺は彼女に付き合わないといけないのだろうか。

思わずぐらりと身体が揺れた。しかし、彼女は俺が『嫌だ』という時間の暇さえも与えてくれない。

「折《お》り鶴《づる》がいっぱい飾ってあるところ！　あそこにも行くわよ！」

「『原爆の子の像』？」

「そう、それ！」

もはや彼女にとって明日の予定は決定事項のようだ。しかも今回も集合時間が決められていない。

明日も付き合うのは百歩、いや、千歩譲《ゆず》っていいとして、せめて集合時間ぐらいは決めておきたい。そんな思いで俺が口を開いたそのとき、俺の喉から音が出る前に彼女が柏手を打った。

「あぁ、大事なこと忘れてた！」

俺はその言葉にほっと胸をなで下ろした。

きっと彼女も集合時間が決まってないことに気がついたのだろう、そう思ったからだ。しかし、彼女はどこまでも俺の想像の上を行く。

「アンタ、名前は？」

「え？」

「な・ま・え。いつまでも『アンタ』じゃ嫌でしょう？」

その問いに俺はぐっと押し黙ったあと、絞り出すように声を出した。

「柊二、東雲《しののめ》柊二」

「そ。じゃぁ、柊二。夏休みの間よろしくね！　今日はありがとう。楽しかったわ」

そう言いながら歯を見せるようにして笑った彼女は、鞄から封の開いていないペットボトルを取り出して、俺に投げて渡した。

「お礼」

いつから用意していたのだろうか。

そのペットボトルのお茶は温《ぬる》くなってしまっていた。


それから、俺たちの不思議な広島観光が始まった。彼女との約束はいつも行く場所だけ決まっていて、集合時間は決まっていない。俺は彼女の乗りそうな電車に乗ると『あの子が同じ電車に乗ってくる確率』を調べる。予想が外れたり、当たったり、的中率はまぁ五分五分《ごぶごぶ》だったけれど、それがゲームのようで少し楽しくもあった。

気がつけば、家に引きこもりがちだった俺は毎日のように彼女と出かけるようになっていた。俺の夏休みは大幅な方向転換を余儀《よぎ》なくされ、憂鬱だった外出はなんてことなかった日常へと変化していく。


「どうして案内を俺に頼んだんだ？」

彼女に付き合い始めて一週間ほど経った頃、俺は思い切ってそう聞いてみた。

「御《ぎょ》しやすそうだったから？」

彼女は目を瞬《しばた》かせると、なんてことない口調でそう言う。どうやらたった二回の邂《かい》逅《こう》で、彼女は俺の頼み事を断れない気質を的確に読み取ったようだった。

「俺と一緒にいて変な目で見られるの気にならない？」

「そんなの柊二の気にしすぎでしょ？　アンタはその顔よりも、どちらかといえばそのオドオドとした態度がいけないのよ！」

ぴしゃりとそう言ってのける彼女といるのはどこか心地良く、一緒にいる時間はあっという間に過ぎていくようだった。

◆◇◆

「今日は花火をするわよ！」

いつも通りに案内を済ませ、あとは帰るだけになった夕方。彼女は俺を自身の最寄りである十日市町の停留場に無理やり下車させると、唐突にそんなことを言い放った。

腰に手を置いた状態で胸を張る彼女はいつも以上に威風堂々《いふうどうどう》としている。

「えっと、明日じゃなくて、今日?」

「今日!」

彼女の弾けるような声が耳朶を打つ。俺は高い建物ばかりが建ち並ぶ辺りを見渡して、眉を寄せた。

「えぇっと、花火っていうけど一体どこでするつもり? ここら辺でやっていたら怒られるけど……」

「それは私に案があるわ!」

そう言って連れてこられたのは、彼女の祖母の家だった。祖母の家というからもっと古風な和風建築を想像していたのだが、目の前に建っているのは近代的なコンクリート造りの家である。

彼女の話によれば、ここにはもともと俺が想像するような木造の一軒家が建っていたらしいのだが、祖父の定年を機《き》に建て替えを行ったらしい。もうすでに祖父は他界してしまい、この家には彼女の祖母が一人だけで住んでいるというのだ。

「ここの庭なら誰にも文句言われないし、なんなら泊まっていってもいいわよ!」

「泊まるのはさすがに遠慮しておくよ」

「何よ。面白くないわね」

口を尖らせた彼女に俺は苦笑いを浮かべた。

「あらあら、陽葵ちゃんお友達？」

庭で騒いでいた俺たちの声が煩《うるさ》かったのか、掃《は》き出し窓から上品そうな白髪の女性が顔を覗かせた。おっとりとしたその女性はどことなく彼女に似ている気がする。

「おばあちゃん、ただいま！　そ。まぁ、こんな顔してるけど悪いやつじゃないのよ！」

「こんな顔って……」

確かに『こんな顔』だが、人に言われると辛いものがある。

ぞんざいな紹介に俺は思わず顔をしかめながら、彼女をじっとりと睨みつけた。元々が凶悪な顔なので、しかめた顔はずいぶんと怖いはずなのだが、彼女は俺のそんな顔を笑い飛ばし、祖母の元へ駆け寄る。彼女はどうやらおばあちゃん子らしい。

「貴方が柊二君ね。話は陽葵から聞いているわ。強引な子だから迷惑掛けているでしょう？　ごめんなさいね」

「いいえ。こちらこそお世話になってます」

深々と下げられた頭に、俺は慌てて頭を下げた。彼女に似ているのは顔だけで、どうやら雰囲気も性格も彼女とは真逆らしい。

「今日、ここで花火をするの！　おばあちゃん、いいでしょう？」

「柊二君と？　柊二君がいいなら私は構わないわよ」

「じゃ、決定ね！」

　おばあさんの『柊二君がいいなら……』なんて言葉は完全無視である。彼女は俺を巻き込むのが本当に上手い。それでもなんだかんだ巻き込まれてしまうのは、きっと俺もそれが嫌ではないからだろう。

　それから俺らはスーパーで花火を買い込み、支度を始めた。夕食は彼女のおばあさんがごちそうしてくれるというのでそれに甘えることにし、俺はそのあとの皿洗いなどを担当した。夜が来るまでは三人で他愛もないことを話したり、彼女はおばあさんに今日巡《めぐ》ったところの写真などを見せたりしていた。その嬉しそうな報告を聞いて、おばあさんも顔を綻《ほころ》ばせる。そんな光景を見ながら、俺も自然と笑みを零してしまっていた。

　そうして始まった花火大会は思った以上に楽しかった。

　手持ち花火なんて中学生以来だったし、ねずみ花火に至っては初体験だった。彼女は手持ち花火を振り回しながら光の軌跡《きせき》でハートマークや星マークを空中に描く。まるで子供のような彼女の笑顔に思わず声を出して笑ってしまうと、彼女はまたそれを見て更に笑顔になった。

「やっぱり夏はこうじゃなくちゃね！」

ひとしきり花火をやり終えたあと、彼女は達成感を顔に滲ませながらそう言った。

「お前は存在そのものが夏って感じだよな」

「……それって、褒めてるの？」

「少なくとも貶《けな》してはいない、かな」

「まぁ、それならいいか！」

何がおかしいのか、彼女はげらげらと笑う。笑う度に揺れるポニーテールがその名の通りに尻尾のようだ。

「そろそろスイカを切ってもいい頃合いかしら？」

花火が落ち着いたのを見計らっておばあさんがそう声を掛けてくる。どうやらデザートまで用意してくださっていたようだ。

「あ、おばあちゃんは休んでいてよ！　私が切るから！」

「はいはい。じゃぁ、頼もうかしら」

サンダルを脱ぎ捨てて、跳ねるように彼女が部屋に飛び込んでいく。俺はそれを見送りながら、掃き出し窓の縁に腰を下ろした。その隣におばあさんが遠慮がちに座る。

「柊二君ありがとうね。あの子があんなに笑っているのを見るのは久々だわ」

「久々？」

その言葉に俺は自身の耳を疑った。俺の印象の中にいる彼女は、その『陽葵』という名にふさわしく、いつも陽気だった。太陽を映した花のように強く逞《たくま》しい印象しかない。

「あの子から聞いていないかしら、両親のこと……」

その言葉に俺は頭を振った。彼女の両親がどうしたというのだろうか。おばあさんの声のトーンはどこまでも落ち着いている。

「陽葵の両親は今、離婚協議中なのよ。陽葵の親権をうちの娘が取るか、あちらの息子さんが取るか裁判しているの」

「裁判……？」

「そう。夏休みうちにいるのも離婚のごたごたから逃《のが》れるためでね……」

おばあさんが話す内容はとても信じがたいものばかりだった。彼女がこちらに来たばかりの頃、ふさぎ込んでばかりいたこと。俺と同じように家から一歩も出ようとしなかったということ。気晴らしに広島観光を提案したのはおばあさんだということ。

どの話も俺の知る彼女にそぐわないものばかりで混乱した。だけど、おばあさんの澄み切った瞳はとても嘘をついている人のものとは思えない。

「だからね、私は貴方に本当に感謝しているの。ありがとう、あの子と友達になってくれて……」

おばあさんがそう言い終わるのと同時に、彼女がいつもの笑顔で「スイカ切れたよー！」と俺を呼んだ。

◆◇◆

「柊二、そういえば最近楽しそうね」

母親にそんなことを言われたのは、夏休みも半分が過ぎた頃だった。珍しく仕事が休みになったらしい母は、テレビのほうに視線を向けたまま、後ろをたまたま通った俺に話しかける。

「何、彼女でもできたの？」

「そんなわけないだろ……」

凶悪な顔を持つ息子を捕まえて、よくそんなことが言えるもんだと逆に感心してしまう。一生彼女がいらないとかそういうわけではないが、今のこの状況でできるとは思えない。

母は昼間からビールを呷りながら録画してあったバラエティ番組を観てゲラゲラと笑う。

「そう。でもまぁ、最近は外に出るのが億劫《おっくう》じゃないみたいで良かったわ」

　ふっと鼻で笑いながら、そこでようやく母は俺のほうを振り返る。ニヤリと意地悪く笑った顔が、誰かさんを彷彿《ほうふつ》とさせた。

◆◇◆

「今日はお好み焼きを食べに行こう」

　震える声でそう提案したのは、彼女ではなく俺だった。

　おばあさんから彼女の話を聞いてから一週間。俺はおばあさんの家で彼女と対峙していた。目の前にいる彼女は目を瞬かせてから「なんなの、いきなり……」と訝しげに眉を寄せる。

　彼女を誘ったのは、別に気があるとかそういうわけでは決してない。ただ、彼女の話をおばあさんから聞いて、放っておけなくなっただけなのだ。それに母親が言っていたように、俺が外に出ることを億劫がらなくなったのは、強引な彼女のおかげでもある。

　その恩を返したいという気持ちが、三割。

　俺と一緒にいることで彼女の気が紛《まぎ》れるなら……なんて思いが、三割。

　ただ単純に彼女といるのが楽しいというのが、三割。

久しぶりにお好み焼きを食べたくなったのが、一割。

彼女は珍しく積極的な俺の様子に、少し考えるような仕草をしていたけれど、「まぁ、それもいいわね！」と快く快く了承《りょうしょう》をしてくれた。

彼女を連れて行ったのは観光客の間で有名な『お好み村』でも『お好み物語』でもなくて、俺がたまに行っている小さなお好み焼き屋だった。紺色の暖簾《のれん》は少しほつれていて、お店の名前も一部霞《かす》んでしまっている。木製の引き戸を開ければすぐ目の前に鉄板が見て取れるような小さな店だ。席はカウンター席と座敷のようになっているテーブル席が二つ。

俺はカウンター席に座ると「肉玉そば一つ」と注文する。入り口のところであっけにとられていた彼女も俺の隣に腰掛けると、「同じのを……」と困惑した声で注文した。いつもは堂々としている彼女がそわそわと周りを見回しているのが、なんだか面白い。目の前で焼かれていくお好み焼きにも興味津々《しんしん》のご様子だ。

「ところで、肉玉そばって何……？」

「え？」

もうすぐ焼き上がるというところで、飛んできた質問に、俺は面食らった。そして、そこで『肉玉そば』という注文の仕方が広島独特のものなのだと気がついた。

「普通のお好み焼きってこと。肉と卵とそばが入っているから『肉玉そば』」

「へぇー……」

感心しているのか、どうでもいいのか、彼女の感想はそれだけだった。

そうこうしている間に注文していたお好み焼きが目の前に届く。鉄板で焼けたソースの香りがなんともいえない香ばしさだ。

早速食べようと俺は箸《はし》に手を伸ばす。すると、まるで信じられないものを見るような目で彼女が俺を凝視してきた。

「……何？」

「え？　広島の人ってみんなヘラで食べるんじゃないの？」

なんだ、その偏見《へんけん》は。

まぁ、確かにヘラでそのまま食べる人も多いだろうが、もちろん広島県民だって俺のように箸で食べる人もいる。この辺は食べ方の好みなので基本的に自由だと思うのだが、彼女はまるで俺を異端者《いたんしゃ》のように扱《あつか》う。

「まぁ、いいわ！　私はヘラにチャレンジするから！　柊二よりも広島県民らしく振る舞ってみせようじゃない！」

「お好きにどうぞ」

苦笑いを浮かべたあと、俺は手を合わせた。

「いただきます」

「いただきますっ！」

その声が見事に重なって、俺たちは互いに目を見合わせたあと、噴き出すように笑い合った。


「なぁ、連絡先。そろそろ交換しないか？」

俺にしてみれば、それは相当勇気が必要な台詞だった。彼女はその言葉に食事を止めて俺を見る。そして、目を瞬かせたあと「なんで？」と不思議そうに尋ねてきた。

本当になんで俺がそんなことを言い出したのかわからないといった表情だ。

「『なんで』って、これからも案内続けるなら必要だろ？　もし、直前にどうしても外せない用事ができたらどうするんだよ」

別に恥ずかしがる場面じゃないのだが、俺は熱くなった頬を隠すようにそう言う。

「別に必要ないでしょ、今までなんとかなったんだし！」

「今まではたまたま運が良かっただけだろ？　俺だっていつ用事ができるかわからないし、それに……」

「それに？」

『お前はいつか帰るんじゃないのか？』

口から溢れそうになったその言葉を俺は慌てて飲み込んだ。まるでこれじゃ、俺が彼女と離れるのが嫌みたいだ。――……もしかして、嫌なのか？

自問自答の答えが出ないまま、俺は乱暴に「なんでもない」と会話を終わらせた。

結局、彼女の連絡先は聞けないまま食事の時間は終わりを告げた。


「今日何か変じゃない？」

そう聞かれたのは会計を済ませ、あとは帰るだけになった午後一時半。外はうだるような暑さで、二人とも日陰を選ぶようにして歩いていたときだった。

「……何かって……？」

「突然誘ってくるから何事かと思ったじゃない」

「別に、たまたまそんな気分だっただけだよ」

「……もしかしてさ、おばあちゃんから何か聞いた？」

彼女の言葉に、俺の身体は馬鹿正直に反応する。ぴくりと跳ねた肩を彼女が見逃してくれるわけもなく、気がつけば彼女は俺のすぐ隣で歩幅を合わせるようにくっついてきた。

「同情してくれたって感じ？」

「別に同情とかじゃなくて……、なんというか……」

上手く気持ちを言葉にできない。喉奥につっかえた固まりがどうにも吐き出せない。

俺のそんなもやもやとした気持ちとは反対に、彼女はスッキリとした笑顔を浮かべて眉を下げた。

「まぁ、どっちにしても私のこと考えてくれたってことでしょう？　ありがとう」

いつもの溌剌《はつらつ》とした笑顔とは違って、その顔は彼女のおばあさんが笑うときの顔にとてもよく似ていた。

「実はさ、昨日お母さんから『お父さんとの離婚が正式に決まった』って電話があったんだよね。わかっていたことだけど、結構ショックでさ……。だから、今日誘ってくれたのは正直助かったんだよね。一人じゃ泣いていたかもしれないしさ」

初めて聞く彼女の沈んだ声色だった。俺は何をどう言ったらいいのかわからないまま、彼女の言葉に耳を傾ける。

「柊二だから言うけどさ。家族を壊したのって、私なんだ」

その告白はあまりにも重く、そして受け止めがたいものだった。

「うちの両親って昔は結構仲が良くて、おしどり夫婦で、何をするにもべったりって感じだったんだって。すごい大恋愛の末に結婚したみたいで、親戚の間でもその仲の良さは有名でさー……。でも、それも私が生まれるまでだったみたい。私が生まれてから、育て方とか教育方針とかで喧嘩するようになったみたいで、物心つく頃にはもう両親は家族だったけど夫婦じゃなかった」

家族だったけれど、夫婦じゃない。

その言葉の重みは、正直今の俺にはわからない。けれど、その重みに彼女が押し潰されそうになっているのだけは、理解できた。

「それでとどめの高校受験！　お父さんとお母さんの意見が完全にぶつかちゃってさ！　もう修復不可能ってところまで来ちゃったんだよねー」

空元気を振り絞るようにして彼女は笑う。困ったようなその笑みに俺は足を止めた。彼女も数歩先で足を止めて俺を振り返る。

耳朶を叩く蝉の声が胸をかきむしりたくなるほどに煩い。噴き出る汗も、湿っぽい空気も、何もかもうっとうしい。

彼女は静かな笑みをたたえて、消え入りそうな声を出した。

「私って生まれてこなかったほうが良かったのかなぁ……」

「それは違うだろ！」

反射的に発してしまった本心に、俺ははっとした。俺が彼女の何を知っているというのだろうか。こんな風に図々しく意見ができるほどに俺は彼女のことを知らない。

だけど……

「生まれてこなかったら、なんて言うなよ!!」

口から言葉が零れるのを、俺は止められなかった。

「お父さんも、お母さんも、陽葵のことが好きだから真剣に考えて喧嘩したんだろ？今回だってどっちが親権取るかって裁判までしてっ！　そりゃ、陽葵からしたら両親と仲良く一緒に暮らしていけるほうがいいかもしれないけどさ。でも、それでも、『生まれてこなかったほうがいい』ってことはないだろ！」

早口でまくし立てるようにそう言って、それから後悔した。本当に、お節介にもほどがある。ここは優しく慰《なぐさ》めるところだろう。

恐る恐る彼女を見れば、案の定、呆《ほう》けた表情をしている。

「あー……ごめ……」

「うん、そっか。二人とも私のこと真剣に思ってくれてたんだもんね。……まぁ、納得はできないけどさ」

くすくすと突然笑い出した彼女に、俺は困惑したまま顔を上げる。

「ありがとう。元気出た」

「あぁ、……うん」

彼女の思わぬ反応に、出したこともないような変な声が出た。

それから俺たちは二人並んで歩きながらいろいろなことを話した。それぞれの学校生活から、私生活。最近ハマっている歌手とか趣味の話まで……

結構な日数一緒にいたけれど、そういうプライベートなことを彼女と話すのは初めてで、知らない世界に触れたような気がして、とても楽しかった。

「で、柊二のお父さんは単身赴任《たんしんふにん》中なのね」

「そ。一年に正月と盆《ぼん》ぐらいしか帰ってこないから、たまに顔を忘れそうになる」

「ふふ。なんか、それだったら両親が離婚した私のほうが、お父さんと多く会えるかもしれないわね」

なんか変な感じね、そう言って彼女は笑う。その笑みに俺も頬を引き上げた。

「柊二って、顔は怖いけどいいやつよね」

「それはどうも……」

「まぁ、どこまでいってもいい人止まりって感じだけど」

「……そうですか」

急に不機嫌になった俺の顔を見て、彼女は肩を揺らす。いつまでも笑ってばかりの彼女の頬を抓《つね》り上げれば「はにふんのよー！」と腹を殴られた。

痛い。

「んじゃ、明日は出家園《しゅっけえん》に行くわよ！」

「縮景園《しゅっけいえん》だろ」

「そうそう、しゅっけいえん！」

帰る間際、いつものようにそう約束をした。

しかし翌日、いくら待っても彼女が現れることはなかった。

◆◇◆

『あの子が同じ電車に乗ってくる確率』

『0・083％』

あの日から何度この確率を調べただろうか。

しかし、どの曜日、時間帯で調べても確率は0％付近を漂っている。

これは異常だ。何かがおかしい。

あれから何かあったのだろうか。風邪を引いて連絡ができないとかならまだいいが、怪我でもしていたらと思うと、俺はいてもたってもいられなくなった。

彼女と会えなくなって三日。

気がつけば、俺の足は彼女のおばあさんの家に向いてしまっていた。

「あぁ、柊二君。よく来てくれたわね」

まるで待っていましたと言わんばかりの表情でおばあさんは俺を迎えてくれた。俺はおばあさんに恭《うやうや》しくお辞儀をし、挨拶もそこそこに本題を持ち出した。

「あの、陽葵さんは居られますか?」

「やっぱりそのことよね」

そう言って俺を玄関に残したまま、おばあさんはそそくさと部屋に消えていく。そうして数分もしないうちに戻ってくると、一枚の手紙を俺に差し出した。

「これ、陽葵からよ。あの子、母親の連絡を受けたくないからって携帯電話向こうの家に置いてきたみたいで……。貴方達、お互いに連絡先知らなかったんでしょう?」

俺は一つうなずいてその手紙を受け取る。言葉は何も発せられなかった。

「三日前の夜に突然娘がやってきてね。離婚の手続きが終わったら今度は新生活の支度だって陽葵を東京に連れ帰ってしまったのよ」

その言葉に封筒を開けけば、黄色の便箋《びんせん》が一枚だけ入っていた。

俺はそれを恐る恐る開く。

『柊二へ

なんか、突然東京に帰ることになりました。

この夏休みは本当にありがとう。

いろんなところに付き合わせてごめんね』

彼女らしくない達筆な文字で、その手紙は『陽葵より』で締めくくられていた。

短くて簡潔な別れの手紙である。そのあっけなさが逆に彼女らしい。

そうして、その手紙の裏側にはもう一行──……


『今度は柊二の学校でも案内してね』


「……どうやってだよ」

思わずそんな言葉が漏れた。


そうして俺の夏は唐突に去って行った。

台風のように現れて、向日葵のように傍にいて、花火のように去っていった彼女は、まさに俺の中で夏そのものだった。


そして、あっという間に訪れた新学期。

俺はいつものように横川駅から路面電車に乗り込む。学生の混雑に巻き込まれたくなくて、少し早い時間に電車に乗った俺は、夏休みの一時を思い出しながら窓の外を眺めた。

「そういえば、いつも十日市町から乗ってきたっけ……」

俺はふと思い立ったかのように時計型ウェアラブル端末の【未来予測システム】を立ち上げた。

『あの子が同じ電車に乗ってくる確率』

結果はわかりきっているのに、がっかりするのは目に見えているのに、俺は迷わずスタートボタンを押す。しかし、結果は思わぬものだった。

『55・973％』

「え？」

久しぶりに見た数字に声がひっくり返る。窓の外を見れば、丁度電車が十日市町の停留場に差し掛かるところだった。

『55・987％』

『62・846％』

『77・187％』

『99・873%』

「おはよう」

俺と同じ学校の制服を着た彼女は、いつものようにポニーテールを揺らしながら、ニヤリと笑った。

「学校の案内、頼めるかな？」

その言葉に俺がどう返したのかは、想像にお任せしよう。

明日、世界が終わる確率

人はどんなときに絶望するのだろう。

信じていた人に裏切られたとき？

自分の夢が叶《かな》わなかったとき？

それとも、愛する人が死んでしまったときだろうか。


私の場合は、自分自身を失ったときだった。


「もう歩けないかもしれません」

目の前に座る白髪の医師は、私と目を合わせることなくそう言った。私は自分の足をじっと見つめながらその言葉を聞く。

私は事故に遭《あ》った。五日前の夕方のことだ。

覚えているその日最後の記憶は、コンクリートの上を歩く蟻《あり》の行列だった。イヤホンから流れてくるお気に入りの音楽を聴きながら、私は足下をゆく蟻の行列をじっと眺める。

横断歩道の前で待つ私達を通せんぼするように、車は右へ左へと大忙しだった。

そのとき、イヤホンから流れてくる音楽よりも大きな声が耳を劈《つんざ》いた。人の悲鳴だ。

そう理解するよりも早く、私は顔を上げた。

眼前に広がる黄色。

それが私をはね飛ばしたダンプカーの色だと知ったのは、それから四日後のことだった。

「とりあえず、リハビリを頑張りましょう」

医師はやはりカルテに目を落としたまま、事務的にそう言う。そのやる気のない態度が「諦めろ」と言っているようで、私は目の前が真っ暗になった。


私は陸上部だった。

中学二年生の私は伸び盛りで、自分で言うのはおかしいかもしれないが、将来を嘱《しょく》望《ぼう》されていた。長距離では県の代表選手に選ばれるぐらいだったし、将来はオリンピックだって目指せるとまでと言われていた。地元の新聞には飽きるぐらい何度も載り、高校もスポーツ推薦で殆《ほとん》ど決まりかけていた。

速く走れることだけが自慢で、
速く走れることだけが私の個性で、
速く走れることだけが私の価値だった。

そんな私が、事故に遭った。

「命があっただけでも良かった」

落ち込んだ私を励ますためだろうか、母は度々そんなことを言う。

しかし、本当にそうなのだろうか？　走ることしかできない私は、走ることができなくなった時点で価値がないんじゃないだろうか？

「死にたいなぁ」

気がつけば、それが口癖になっていた。

何もする気が起きないまま、入院生活は一週間以上経過していた。

事故により頭を強く打った私は、しばらく検査漬けの入院生活を送っていたのだが、この日晴れて、普通病棟に移ることになったのだ。これから日常生活に戻るためのリハビリをしていくらしい。

元気だった以前の自分と比べて、私は予想以上に何もできない身体になっていた。ベッドから車いすまでの移動だって人の手を要するし、身体を起こすのはベッドの手すりにくくりつけられている紐《ひも》を手繰《たぐ》り寄せなくてはならない。トイレに行くのだって誰かの手を借りなければならないほどなのだ。

この一週間だけで私は何度も嘔吐《おうと》した。食事は喉を通らなくなり、体重はみるみる落ちていった。

　このまま死んでしまいたいと、母が置き忘れたカッターナイフで手首を切ったこともあった。しかし、恐怖で手が震えていた私には、ひっかき傷程度の傷をつけるのがやっとだった。

　母は甲斐甲斐《かいがい》しく荷物を準備して、私を車いすに乗せてくれる。私は自分の荷物だというのに手伝うこともお礼を言うこともせず、生まれたばかりの赤ん坊のように、ただ世話を焼かれていた。

「自分のことなんだ。自分でしたらどうなんだい？　いつまでもお母さんに甘えてちゃダメだろ」

　普通病棟に移ったとき、隣のベッドにいる女性から突然そう言われた。年齢は八十歳ぐらいだろうか。祖母よりも年上の彼女からはどこか昭和初期独特の堅苦しい匂いがした。白髪の彼女はしわがれた声で私を叱ると、ふん、と鼻を鳴らして手元にある本に目を落とす。

　私は何も答えなかった。正確には答えられなかった。突然叱られたことに驚いていたし、怒られているのが自分だと気づいたときには会話が終わってしまっていたからだ。

「何なのかしらね」

母が眉を寄せて、小さな声で私にそう言った。その非難の声に私は一度だけ頷《うなず》くと、また視線を落とす。

しかし、その心境は先ほどとはまったく違うものになっていた。

簡単に言えば腹が立ったのだ。ムカムカした。胃の中のものが全て逆流するのではないかと思うぐらい、内臓が締め付けられた。

「何も知らないでっ！」

そう叫びそうになるのをグッと堪《こら》えて、私は当てつけのように間仕切りのカーテンを勢いよく閉めた。そして布団に潜り込む。

事故に遭ってから初めてだった。初めて感情が爆発した。誰も彼もが腫《は》れ物を触るように扱ってくるのに、何も知らない彼女だけは私の傷に素手で触れてきた。

怒りと痛みでまぜこぜになった私は、そのまま布団で眠ってしまっていた。

次の日からリハビリは始まった。私の担当をしてくれたのは若い女の先生だった。

「痛かったり、しんどかったりしたら言ってね」

おっとりとしたその先生は、目を細めてそう言う。私はストレッチ用の細いベッドに寝かされたまま、先生を見上げていた。

「今日は体調が優れないので休んでも良いですか？」

「え？」

少し驚いた顔でそう聞き返されたので、私は無表情で同じ言葉を繰り返した。すると彼女は少し考え込んだ後、「明日までには体調を治そうね」と私を車いすに戻してくれた。

もちろん体調が悪いなんてのは嘘だ。ただ、単純にやる気が起こらなかっただけに過ぎない。きっと先生もそれをわかっている。やる気のない者には何をしても無駄だと判断したに違いない。

リハビリなんてしても無駄だ。日常生活に戻れるかも怪しい私は、もう以前のように走ることはできない。絶対に。

だから形だけのリハビリをするつもりなんて、私には端《はな》からなかったのだ。

私は部屋に戻ると、備え付けになっている小さなテレビの電源をつけた。そして、テレビに繋《つな》がったままぶら下がっているイヤホンを耳につける。

小さな画面の向こうでは誰も彼もが楽しそうに笑っていた。対照的に、それを見ている私は、限りなく無表情だった。

『X年は今年⁉　地球滅亡までのカウントダウン！』

黒い背景に白い文字。そんな物騒な番組の見出しに、番組出演者は一様に驚いた顔を作っている。大げさな反応をする出演者を眺めながら、私の心は凪《な》いでいた。

私がたまたまつけたその番組は、一年に一度は流れる終末予言の番組だった。ノストラダムスや死海文書、聖書やマヤ予言まで……。その番組に出ている専門家達は、それらを指して、今年世界が滅びるのだと口々に言っていた。

大地震が起これば何万人死ぬのだと、そんなことを誰かが言ったときだった。

「死にたいなぁ」

ぽろりと口癖が零《こぼ》れた。

その瞬間、ふいに隣から手が伸びてきて、私のイヤホンをむしり取ったのだ。私がびっくりして目を瞬《しばた》かせていると、隣のおばあさんが仁王《におう》立《だ》ちで私のベッドの前に立っていた。

「アンタみたいな若い子がそんなこと言ったらいけん！　母親を泣かせるな！」

「――っ、おばあさんには関係ないでしょっ！」

気がついたらそう吠《ほ》えていた。私は彼女の手からイヤホンを取り返すと、まるで逃げるように布団を被《かぶ》った。

「私のこと、何も知らないくせにっ！」

前は心の中で叫んだ一言を、今度は吐き出してしまう。

彼女はそんな私を見ながら溜息をつくと、隣のベッドに戻っていったようだった。

遠ざかる気配に顔を覗かせると、彼女は昨日とは違う大きな本を膝の上に広げていた。

彼女の顔を見たくない私は、間仕切りのカーテンをわざと音を立てるようにして引く。

そして、座り直した私の布団の上には、飴《あめ》がころりと二つ載っていた。

彼女、隣のおばあさんの名前は『チヨ』というらしい。なぜ知り得たのかというと、隣の看護師さんが彼女のことを『チヨさん』と呼んでいたからだ。

私もそれに倣《なら》って『チヨさん』と呼ぶことにした。彼女に気を許しているわけではないし、煩《わずら》わしく思っているのも確かだが、彼女を『おばあさん』と呼ぶのには僅《わず》かばかりの呵責《かしゃく》があった。高齢だろうが何だろうが、女性に対して『おばあさん』という表記を使う失礼さを、私の良心が咎《とが》めたのだ。

口煩《くちうるさ》いチヨさんは、相手が誰であろうと注意をする。

私たちの病室は四人部屋なのだが、今日は正面にいるぽっちゃりなおばさんに注意をしていた。「病人なんだからタバコは控えたほうが良い」だの、「看護師さんに隠れて間食をするな」など、目の前の彼女がたじたじになるまでその説教は続いた。

そして、とうとう相手が「わかったわよ」と白旗《しろはた》を上げると、彼女は満足して自分のベッドに戻っていくのだ。

チヨさんのお節介ぶりは結構有名らしく、看護師さんに話せば「貴女《あなた》も洗礼を受けたのね」と笑われてしまった。どうやら彼女のお節介は病人、医師、看護師など、立場は関係ないようだ。

それならば、彼女はさぞかし嫌われているのだろうと思ったが、どうやらそういうわけでもないらしい。彼女を疎《うと》ましく思っているのは私一人ぐらいなもので、ほとんどの人は「わかった。今度から気をつけるよ」と、煩わしく思いながらも受け入れているようだった。それはまるで、長年連れ添った夫婦や、母と子の関係に似ている気がした。

「今日は図書室に行きましょうか？」

数日後、いつものようにリハビリに来た先生を追い返そうとしたときだった。先生は困ったような顔をして私にそんな提案をしてきた。

「別にいいです。読みたい本なんてないんで……」

「まぁまぁ、そう言わずに……。図書室はネットも繋がるし、気分転換にはもってこいよ？」

「でも……」

「ずっと閉じこもってばかりいたら、良くなるものも良くならないわ」

いつになくしつこいその様子に、私は渋々首を縦《たて》に振った。

車いすを押してもらいたどり着いた図書室はどうにも薄暗かった。天井には煌々《こうこう》と

LEDが光っているが、日が射す窓には遮光《しゃこう》カーテンが引かれているからかもしれない。

それなりに大きな部屋の半分は本棚で占められていて、残りの半分に読書机やカウンターがあった。机の方にはちらほらと人の姿がある。その中の何人かは入院服ではなく私服を着ていた。どうやら見舞客もこの図書室を利用するらしい。

しかし、図書室を利用する彼らの手には本ではなくタブレットが握られていた。どうやら彼らのお目当ては図書室に備え付けられているネット環境らしい。

読みたい本がない私も彼らに倣《なら》うようにカウンターでタブレットを借りた。しかし、インターネットを開いても面白いことは何一つ書かれていない。SNSもやっていないので、退屈なばかりだ。私は早々に検索エンジンを終了させる。すると四角い画面に沢山のアイコンが出現した。それは過去にこのタブレットを借りた者達がダウンロードしたものだろう。簡単なパズルゲームから心理テストのようなものまでそこにはいろいろあった。まぁ、まだこれらのほうが暇を潰せそうだ。そう思いながら、私はその中の一つに視線を止めた。

【未来予測システム】

シンプルな白いアイコンに『%』のマーク。なんとなく私はそれに指を乗せた。

【未来予測システム】とはその名の通り、条件を入力することによりいろいろな確率を算出することができるシステムだ。若者を中心にいろいろな世代の人たちが自宅のパソコンやウェアラブル端末にそのシステムをダウンロードしている。算出するための手順は簡単なのに、確率は正確なものが多いともっぱらの評判だった。

私は別に何かを調べたかったわけじゃない。それはただの暇潰《ひまつぶ》しのようなものだった。

『未来予測の条件を設定してください』

そうして出てきた空欄に私はしばらく迷って、

『明日、世界が終わる確率』

と入力した。

なぜそんなことを調べようと思ったのか、それはわからない。頭の隅で先日のテレビ番組を思い出したのかもしれないし、私もろとも世界が終わってほしいと願っていたからかもしれない。

私は画面に現れた簡単な質問事項を埋めていく。しかし、『世界の定義を教えてください（空欄でも構いません）』という質問は意味がよくわからなくて答えられなかった。

質問に答え終わると、最後に『予測設定者の状況を把握します（手のひらを乗せてくださいっ』という文字が現れた。その下には手のひらのマークがある。私はそれに右手を重ねた。そして、そのまま『START』のボタンを押す。

すると、一瞬の間を置いて数字が現れた。

『51・213%』

私はその確率に目を見張る。約半分の確率で明日には世界が終わると言われたのだから当然だろう。

私はもう一度同じ確率を調べる。

『50・445%』

『51・298%』

『50・997%』

何度調べても数字はあまり変わらなかった。もしかしたら壊れているのかもしれない。私はタブレットのボタンを押して画面を消した。

明日には世界が終わると言われたって、そんなものにわかには信じられない。

ノストラダムスやマヤの予言が的中し、死海文書や聖書の通りに世界は終末を迎えるのだろうか。

そんなわけがないと思う傍《かたわ》らで、私の中の何かがそうあってほしいと願っていた。

タブレットを返し、私は図書室を後にしようとする。すると、入り口近くの小さな机に一冊のノートが置いてあることに気がついた。盗難防止のためか、机とノートは紐で繋がっている。少しだけくたびれたそのノートの表紙には『ご自由にお書きください』と手書きで書かれていた。

利用者同士で意見を交換するために置いてあるのか、それとも図書室の利用改善のために置いてあるのか、『ご自由にお書きください』の文字からはノートの意図は読み取れない。

私は何気なくそのノートを開く。ぺらぺらとページをめくるが、くたびれた表紙とは裏腹に中身は新品同様だった。数ページは落書きなどがされてあったが、それだって古いものだとわかる。なぜならそれが数年前に一瞬だけ流行《はや》ったキャラクターの落書きだったからだ。

もう今は誰もそのノートを利用していないのは、様子から見て明らかだった。

私はノートに『明日、世界が終わる確率　５１・２１３％』と書き込んで、最後に日付を入れた。単なるメモのつもりだった。見返すことがあるかもわからないが、私はそれを書き込むと、今度こそ本当に図書室を後にした。

「なんで、リハビリをしようとしないんだっ！」

部屋に帰ってきた直後、肩を怒らせた父に怒鳴られた。その隣には狼狽《うろた》えたような母と、申し訳なさそうにしているリハビリの先生がいる。どうやらここ数日リハビリに行かなかったことを、先生は両親に告げ口したらしい。

私を図書室に行かせた理由は、父や母が来るまでの時間稼ぎだったのだろう。

父は顔を真っ赤にさせて私を怒鳴りつける。周りに他の患者がいようがお構いなしだ。こうなった父はもう誰にも止められない。

先生は父がここまで激昂《げっこう》するとは思っていなかったのだろう、肩を縮ませて私に頭を下げていた。

私は父が怒鳴るのを頷きながら聞くことしかできない。

「どうせ、もう元のようには走れないのだろう？　それならばせめて、日常生活は一人で送れるようにしろ！　そのままじゃ、家族の足手まといもいいところだ！」

最後の台詞は私の胸を抉《えぐ》った。

父が帰ったあと、謝る先生を押しのけて、私は車いすで病院の屋上へと来ていた。

転落防止の金網がぐるりと周囲を覆っていたが、病室の小さな窓よりは十二分に見晴らしが良い。別に風景を求めて屋上まで来たわけではなく、人気がない所を求めてやってきたわけなので、私の目にはただの情報にしか映らなかったわけだが。

「足手まとい、か……」

青い空を眺めながら、私は乾いた声を出した。

私に一番期待をしてくれていたのは父だった。陸上を始めるように勧めてきたのも父だったし、いつも練習に付き合ってくれたのも父だった。

父は昔、陸上選手だった。私と同じように将来はオリンピック選手になるのではないかと目《もく》されていたらしい。しかし、父はあと一歩のところでオリンピックの出場権を逃していた。

それも一度や二度ではなく、三度も、だ。

十二年以上、毎日血の滲むような思いをして、それでもだめだった。だから、父はそのバトンを私に渡そうとしたのだ。

そこまで聞くと、子供を自分の思い通りに育てようとする身勝手な親だと、父を批判する人も出てくるだろう。しかし結局のところ、父は私に提案はすれど、強要はしなかったのである。

だから、陸上を始めたのも、オリンピックを目指そうと思ったのも、全ては私の意志だった。

　母もそんな私達を応援してくれた。父に酷く叱られて落ち込んだ日も、良いタイムが出た日も、いつも傍にいてくれて、栄養を考えた美味しいご飯を沢山作ってくれた。私もそんな両親を喜ばせたくて、なりふり構わず一生懸命に頑張った。

　気がつけば私の夢は、家族全員の夢になっていた。

　初めて地元の新聞に載った日、父は嬉しそうな顔で私に「一緒にオリンピックに行こう」と言ってきた。後にも先にもあんなに嬉しそうな父の顔は見たことがない。

　それゆえに私は父の期待を大きく裏切ったのだろう。『足手まとい』と言わせてしまうほどにまで、失望させてしまった。

　速く走れることだけが自慢で、
　速く走れることだけが私の個性で、
　速く走れることだけが私の価値だった。

　そんな私はやはり生きていてはいけなかったのだ。これから一生、誰かの足を引っ張り続ける人生ならば、いっそのこと死んでしまおうか。

　病院服のポケットに手を突っ込むと硬いプラスチックが指先に触れた。それは以前、母が置き忘れたカッターナイフだった。

まるでお守りのように持ち歩いているそれを、私はゆっくりと取り出す。カチカチカチ、と音を鳴らしながら刃先を出していくと、銀色に鈍《にぶ》く光る刃が現れた。

無意識に力が込もる。小刻みに震える手でカッターナイフを、今度は手首ではなく首筋に当てた。刃先が皮膚を引っかいて、ぴりっと痛みが走る。

もう生きていてもしょうがない。走れない私はもう価値がないのだ。

それなら、いっそのこと……

そう手に力を込めたときだった。


『明日、世界が終わる確率　51・213％』


図書室で調べた確率がふっと頭をよぎった。

50％の確率で明日には世界が終わってしまうらしい。それなら、今ここで苦しい思いをして死ななくても良いのではないのだろうか。死ぬか生きるかは、明日世界が終わらなかったときに、また決めれば良い。

臆病な私は、そう思いながらカッターナイフを再びポケットにしまうのだった。

翌日、目覚めると世界は終わっていなかった。

私は父に言われた通りにリハビリを始めることにした。しかし、どうにも気持ちが入らない。日常生活ぐらいは……、そう思う傍らで、どんなに頑張っても元のようには走れない……と諦めている自分がいるからだ。

リハビリを終えると、私は図書室に向かった。

そして昨日と同じように確率を調べる。

『明日、世界が終わる確率　50・548％』

昨日とあまり変わらない数字に、私はなぜかほっとした。

本を手に取ることもなく、私はそれだけ調べると入り口近くのノートにそれを書き込みに行った。昨日と同じページを開く。

そして、私は目を見張った。

私の書き込みのすぐ下に、新しい書き込みがあったからだ。

『どうしてそんなことを願っているの？　タマ』

タマというのは書き込んだ者の名前らしい。

私は少しだけ迷って、その下に今日の確率を書き込む。

そして、そのまた次の行に彼女への返信を書いた。

『もう二度と、前のようには走れないから』
たった一行の会話を終わらせて、私はノートを閉じた。
するとまた次の日、
『一緒ね、私ももう走れないわ。
風景を見ながらのんびり歩くのも悪くないわよ？　タマ』
私は彼女への返信に少しだけ迷う。

『足が速いことだけが私の価値だったの』
『そうなの？　それは大変ね。
それなら早く、他の好きなことを見つけなくっちゃね？　タマ』
『好きなこと……。見つかるかな？』
『見つかるわよ。別に一番になる必要はないんだから。
友人と一緒に何かするっていうのも、楽しいかもしれないわよ？　タマ』
『友達はあまりいないから……』

私に友人と言える存在はいない。陸上ばかりやっていて友人を作る暇がなかったというのもあるが、私の人見知りという性格がそれに拍車をかけていた。クラスで嫌われているわけではないが、休日に遊べるような友人はいない。

現に私が入院してから、お見舞いに来たのはクラスの担任と部活の顧問の先生だけだ。あまり、と言ったのは、友人がまったくいないと言うのが恥ずかしかったからだった。


『それなら、私と友達になってくれるかしら？　私もあまり友人はいないのよ。あなたのことはなんと呼んだら良い？　タマ』

『アカネ』


私は少し興奮気味に自分の名前を書くと、一息ついて確率を調べた。

『明日、世界が終わる確率　48・153％』

そうノートに書き込む。ノートを見ると、私はいつの間にか確率をメモすることよりも、タマちゃんとの会話を優先させるようになっていた。

それからタマちゃんと私はいろいろな話をした。初めてできた友人だからか、それとも、顔を合わせていないからか、私はいつもよりおしゃべりになっていた。

タマちゃんはこの病院に入院している患者の一人らしい。ノートに記された文字は達筆というより他なく、それでいて優しい印象を私に与えてくれた。

不思議なことに、私は彼女にならなんでも話すことができた。素直に気持ちを伝えることができた。

『隣のおばあさんが、ちょっとウザいんだ。いっつも私に注意してくるの』

『明日、世界が終わる確率　４４・０２４％』

もちろん、確率を書くことも忘れない。

『そうなの？　それは、迷惑な人ね。そんな人、放っておいたら良いわよ。　タマ』

そんなアドバイスを受けたその日、私はまたチヨさんと喧嘩をした。

「いただきます、ぐらい言ったらどうなんだい？」

配膳《はいぜん》された夕食を食べようとしたときだった。

何も言わず食事に手をつけようとした私に、彼女は不機嫌そうにそう言う。タマちゃんのアドバイス通りに無視を決め込んでいると、チヨさんは「とうとう口も利けなくなったのか」と嘲《あざけ》るように言ってきた。

「い・た・だ・き・ま・すっ‼」

隣の病室に聞こえるぐらいの大声で私がそう言うと、彼女は両眉を上げて一瞬驚いた表情になった。しかし、すぐに顔をくしゃりと歪《ゆが》ませる。

「やればできるじゃないかい！」

肩を揺らして可笑《おか》しそうに彼女は笑う。初めて見たチヨさんの笑顔だった。

『聞いて！　今日「いただきますぐらい言ったらどうだ」って、隣のおばあさんに言われたから、大きな声で「いただきます」って言ってやったの！　そしたらすごく驚いて……』

『一矢報《いっしむく》いたわね。すごいわ！　タマ』

ノートを見ながら私は少しだけ笑っていた。そして返信を書いたあと、ノートを閉じる。確率を書き忘れたと気づいたのは、翌日ノートを開いたときだった。

気がつけば、タマちゃんと初めてノートで会話をしてから、もう一ヶ月以上が経っていた。私はリハビリもそこそこに図書室に通うようになっていた。

私は毎日、タマちゃんに今日は何をしたのかを報告をする。隣のチヨさんの愚痴や、リハビリを担当する先生のこと、両親や学校のことまで、ありとあらゆることを私は彼女に話した。

タマちゃんは私の話を否定することなく聞いてくれる。たまにおかしなことを書くと『そんなこと言ったらだめよ』と窘《たしな》めてくれるぐらいだ。

そして、確率を書く回数は二日に一度ほどになっていた。

『私、タマちゃんに会ってみたい。　アカネ』

ある日、前々から思っていたことを私は書いた。お互いに名前しか知らない者同士だからこそ、好き勝手に書けたというのもあるだろう。しかし、好き勝手に書けなくなっても良いから彼女に会いたいと、私はそう思うようになっていた。

『アカネちゃんが私のところまで歩けるようになったら、一緒にお茶でも飲みましょう。　タマ』

そんな返信だった。彼女がどこにいるのか知らない。具体的に何メートル歩けるようになれば良いのかもわからない。だけど私には彼女の言いたいことがなんとなくわかった気がした。

『リハビリ、頑張るね。　アカネ』

『頑張って。約束よ？　タマ』

私はそれからリハビリに力を入れて取り組むようになった。

ノートでの話題がもっぱらリハビリの進捗状況になった頃、私は久しぶりに確率を調べた。

『明日、世界が終わる確率』

『12・327％』

出た数字は50％を軽く下回っていた。しかし、私はもう死のうなんて考えなくなっていた。

最初の頃、確率を調べていたのは生きる理由が欲しかったからだ。明日、世界が終わるのなら、誰からも必要とされなくなった私でも生きていて良いのだと、そう思うことができた。

タマちゃんと出会ってからは、繋がりを保つために確率を調べた。

今、確率を調べなくなったのは、それらが必要となくなったからだった。

私は新しく確率を調べる。

『私の足が元に戻る確率』

『1・678％』

私はその確率を見て、口元に笑みを浮かべた。

「1％以上もある」

それは確かに希望だった。


「朝の挨拶ぐらいちゃんとしな！」

「おはようございますー!!」

「はい、おはよう」

入院二ヶ月目の朝はそんな感じで始まった。チヨさんとの言い合いはまだ続いているが、喧嘩と言うよりは意地の張り合いになってきた気がする。

「そこ、お米残ってるよ！　農家の人に申し訳ないと思わないのかい？」

「今、食べようと思ってたんですっ！　チヨさんだってお味噌汁のワカメ残ってる！」

「ほぉ、言うようになったね」

しわしわの顔を更にしわくちゃにさせて、チヨさんは笑う。

彼女の言っていることは正しい。それぐらいはわかる。ただ言い方が気にくわないのだ。前に一度、「そんなにキツい言い方をしなくても良いじゃないか」とチヨさんに言ったことがある。すると彼女は「アンタが言わせなかったら良いことだよ」と鼻で笑ってきたのだ。どうやら直してくれる気はないらしい。


『隣のおばあさんの口調がキツすぎて嫌になる。　アカネ』

『しょうがないわ。年寄りっていうのは大体そんなものよ。きっとアカネちゃんが若くて楽しそうにしているから、嫌味《いやみ》の一つでも言いたくなるんじゃないかしら？　タマ』

『……多分、チヨさんはそういう人じゃないと思う。　アカネ』

『あら、そうなの？　てっきり意地悪なおばあさんなんだと思っていたわ。　タマ』

『意地悪なのは確かだけど……』

そこまで書いてから、私は『意地悪なのは確かだけど……』という文字を慌てて黒く塗り潰した。

なんで私がチヨさんを庇《かば》わないといけないのだろうか。私の行動はそんなよくわからない反抗心によるものだった。

『そんなことより、タマちゃんはどうして入院しているの？　アカネ』

話を逸《そ》らすために、私は前々から気になっていたことをタマちゃんに聞いた。彼女がずいぶんと長くこの病院に居ることは知っていたが、何の病気でこの病院に居るのかは知らなかった。

『胃が少し悪くて、食べすぎちゃったのかな？　タマ』

その返信を見て、私は後悔した。タマちゃんが明言を避けていたからだ。

彼女はきっと病名を言いたくないに違いない。なのに、私はそれを言わせようとしてしまった。

『私、早くタマちゃんに会いに行けるように、リハビリ頑張るね。　アカネ』

いろいろ聞くのは会ってからでいい。そんな気持ちでそう書くと、

『頑張って、応援しているからね。　タマ』

いつもと変わらない優しい文字で、彼女はそう返事をくれた。

私が歩行器を使ってのリハビリを始めた頃、タマちゃんからの返事が来ないことが増え始めた。毎日来ていた返信が二日に一度程度になり、三日以上空くような日も度々あった。

私は彼女の身に何かあったのではないかと彼女を探し始めた。しかし、どこを探しても『タマ』という名前の人は見つからない。

「今日も返事がなかった……」

落ち込んだ気分でそう零しながら、私は部屋に帰ってきた。その頃には車いすからベッドまでの移動もできるようになっていたので、私はベッドの側に寄せた車いすからゆっくりと立ち上がり、方向を変えてベッドに腰を下ろした。

隣のベッドからは楽しそうな声が聞こえてくる。どうやらいつものお孫さんが来ているようだった。お孫さんといっても、年齢は私よりずいぶんと上で、しっかりとした大人の女性という感じの人だ。目元はチヨさんに似ているが、雰囲気は真逆。彼女はどこまでも優しく、知的そうな女性だった。職場が近いのか、彼女はお昼頃になるとほとんど毎日チヨさんを訪ねてくる。十分ぐらい話してすぐ帰る日もあれば、そのままコンビニで買ったお昼なんかを食べているときだってある。彼女はとてもおばあちゃん想いの優しい女性なのだろう。

私が部屋に帰ってきてしばらくすると会話が終わったようで、引いていたカーテンを開けながら彼女のお孫さんが顔を見せる。

「体調に気をつけるんだよ」

チヨさんが微笑みながらそう言うと、お孫さんは「それはおばあちゃんのほうでしょう？」と困ったように笑った。

チヨさんのお孫さんは私の想像するタマちゃんのイメージにぴったりだった。物腰が柔らかそうな感じも、知的な瞳も、どれもが私の想像するタマちゃんそのものだった。しかし、タマちゃんは入院患者のはずだ。見舞いで来ている彼女のわけがない。

私はそれからもタマちゃんを探してまわったが、とうとうタマちゃんはどこにも見つからなかった。ノートの返信も、もう四日以上書き込まれていない。

しばらくして、チヨさんが別の病室に移ることになった。

「元気にやるんだよ」

「チヨさんもね」

「アンタよりは元気さ！」

いつも通りのしわがれた声で、チヨさんはそう言って笑った。

私の隣にはすぐ別の人が入ったけれど、彼女のいない病室はなんだかいつもより広く感じられた。

そして、タマちゃんからの返信もとうとう来なくなってしまった。

タマちゃんもチヨさんも消えてしまった入院生活は何の面白みもなかった。あんなに頑張っていたリハビリも、最近ではなんだかやる気になれない。

私は図書室で久々にあの確率を調べる。

『明日、世界が終わる確率』

『21・362％』

以前より上がった確率に、私は一人溜息をついた。

胸の底からどろりとした希死念慮《きしねんりよ》が顔を覗かせているのがわかる。私はまた生きる意味を見失いかけていた。

そのとき、視界の隅に見知った人影が通った。それはチヨさんのお孫さんだった。

数冊の本を抱えて、彼女はカウンターで貸出の手続きをしている。

私はまるで惹《ひ》かれるように、彼女に近づいていく。話しかけられるところまで近づいたとき、私の膝に何やらカードのようなものが落ちてきた。それは図書室の貸し出し用のカードだった。

「ごめんなさい」

「あ、どうぞ……」

落ちてきたカードを彼女に手渡す。そのとき、裏に記してあった彼女の名前が、偶然私の目に入ったのだ。私はその名前に息を詰める。

『葛城《かつらぎ》 環《たまき》』

瞬間、私の心臓がドクリと音を立てた。だんだん早くなっていく鼓動を落ち着かせるように胸に手をやれば、手のひらからも心臓が胸を叩く感触が伝わってくる。

タマちゃんは自分を入院患者だと言っていたが、もしかしたらあれは嘘だったのではないだろうか。だってタマという名の入院患者はいなかった。病院の中を周って、病室の入口に掲げてある名前をくまなくチェックしたのだから間違いない。名前にタマとつく人はこの病院にいなかった。

それに彼女がタマちゃんなら、イメージ通り、ぴったりだ。

気がつけば、私は環さんの制服の袖《そで》を引っ張っていた。

驚いた表情で彼女は私を見下ろしてくる。

「えっと……、どうしたの？」

「もしかして、タマちゃん、ですか？」

彼女は目を瞬かせてから、ゆっくりと首を横に振った。

「確かに私は環だけど、タマちゃんって呼ばれたのはこれが初めてよ? ごめんなさいね」

私は優しく笑う彼女の袖を放す。彼女が嘘をついているようには見えなかったからだ。もしかしたらタマちゃんなんて実際には存在しないのかもしれない。

私は期待で膨らませた胸をしぼませて、項垂《うなだ》れながら「すみません」と一言謝った。

「貴女って確か、前におばあちゃんと同室だった人よね?」

「あ、はい」

「私のおばあちゃんの苗字は玉木《たまき》よ?」

「え?」

環さんの言葉に私は素っ頓狂《すとんきょう》な声を上げてしまった。確かに同室だったおばあさんの名前は確かめていない。看護師さんに『チヨさん』と呼ばれているのを聞いていたから、無意識に候補から外していたのだろう。

でも、まさか、そんなはずはない。

しかし、彼女はよく紙の本を読んでいたじゃないか。

それをこの図書室で借りていたとしたら……?

もし、そうなら私は彼女に酷いことを……

頭に浮かんだ一つの予想を振り切るように頭を振ると、隣の環さんがふっと笑う。

「おばあちゃんね、末期がんなの」

「え……」

「もうどのくらい生きられるのかも、わからないみたいなの」

私が言葉を失ったまま顔を上げると、環さんはやっぱり笑顔だった。とても身内の秘密を口にしているとは思えない。

彼女はポケットから一つの封筒を取り出すと、私に差し出してきた。

それは何の変哲もない無地の封筒だった。手紙を出すときに使う一般的な洋形封筒。

「これ、おばあちゃんからノートに挟んできてほしいって頼まれたのだけれど、多分、貴女に宛てたものよね？」

私はその手紙を受け取り、裏返した。そこにはいつもと同じ、達筆で優しい印象を与えてくれる文字が二つ並んでいた。

『タマ』

私は慌ててその封筒を開けた。

『アカネちゃんへ

突然返信をしなくなってごめんなさい。

最近、身体の調子が悪くて図書室に行けなかったの。

リハビリはどうかしら？　頑張っている？

強くて、頑張り屋さんなアカネちゃんなら、何も問題はないと思うけれど……　い
つかの約束、アカネちゃんが守ってくれると信じています。　タマ』

「約束……」

私は手紙を閉じながら一つ呟いた。

『アカネちゃんが私のところまで歩けるようになったら、一緒にお茶でも飲みましょう』

ふっと頭を掠めたその記憶に、私は顔を跳ね上げる。

そして、環さんの袖を強く引き、声を張った。

「……一ヶ月。タマちゃんに、一ヶ月待ってほしいって伝えてくださいっ！」

「わかったわ」

そう言って微笑む環さんの顔は、どこかチヨさんに似ている気がした。

私はそれから必死にリハビリに取り組んだ。陸上をやっていたときだって、こんなに真剣になったことはない。

私はたった一人の、大切な友人との約束を守るために、血の滲むような努力をした。

環さんは度々私の病室に来てくれるようになった。彼女はタマちゃんの様子を事細《ことこま》かに教えてくれる。いつ倒れてもおかしくないと言われているのに、環さんの話の中でタマちゃんはいつも元気だった。

「おばあちゃんね、アカネちゃんとの約束、楽しみにしているみたいだったよ？」

そんなことを言われて頑張れないわけがない。

新しい目標ができてから、私は頻繁に『私の足が元に戻る確率』を調べるようになっていた。

『3・245％』

まだまだ低い確率だったが、1％の頃と比べれば数字は三倍になっている。それはまるで努力が形を成している様で、私はその画面に現れる数字に活力を貰っていた。

確率を調べ終えると、私は以前のように結果をあのノートに記入する。それだけではどこか寂しい気がするので、その日の出来事やリハビリの進捗《しんちょく》状況を書き込んだ。

もう何ページも私の文字のみで埋まっているそのノートは、どこか寂し気に私を見上げていた。それを見下ろす私もきっと同じような表情だったに違いない。

気がつけば私の指はノートのページを遡っていた。数ページ捲《めく》ると懐かしい文字の羅列《られつ》が現れる。達筆で優し気な彼女の文字は、いつも私を気遣《きづか》い励《はげ》ましてくれていた。

タマちゃんがもうこのノートに何か書くことはないのかもしれない。

ふと浮かんだ最悪の想像に私は頭を振って、タブレットを手にした。

『タマちゃんの病気が治る確率』

タマちゃんとは誰のことを指しますか？　そんな質問に私は彼女の名前を記入する。

【未来予測システム】は周囲の人の情報をかき集めて、一枚の写真を私の前に提示した。

『「タマちゃん」は彼女のことでよろしいでしょうか？』

そこには入院するときに撮ったであろう、彼女の写真が映し出されていた。写真の中のタマちゃんはいつも通りふてぶてしく口をへの字に曲げている。

久しぶりに見た彼女の元気な姿に、私は少しだけ笑みを零して、そっとキャンセルのボタンを押した。

タマちゃんが元気にならないなんてありえない。すぐにいつも通りの強気で怖いもの知らずの彼女に戻るはずだ。優しくて、いつも私を励ましてくれていた彼女に……現代医療は今この間にも進化し続けているのだ。きっと次の瞬間には特効薬が開発されるに違いない。私はそんな想いでタブレットを閉じた。

あとから考えてみてわかったことだが、私はあのときさっと怖がっていたのだ。

出てくるだろう低い確率を受け止めるだけの心の余裕があのときの私にはなかった。

私がタマちゃんの正体を知ってから僅か二週間後、とうとうその日はやってきた。

「アカネちゃん、おばあちゃんがっ！」

「――――っ！」

病室に飛び込んできた環さん表情で理解した。タマちゃんが危ないのだ。

「先に行っててください！」

「でも……」

「間に合わせます。約束だから……」

環さんは堪《たま》らず駆け出した。やはりタマちゃんの様子が気になるのだろう。

環さんの背中を見送ると、私は歩行器を引き寄せ、全身の力を使って立ち上がった。

私はこの一ヶ月間、何度もタマちゃんの病室に行くのを失敗していた。途中で動かなくなる足に何度拳を打ち付けただろうか。

しかし、今日失敗するわけにはいかない。

「待っていてね」

沢山のありがとうと、沢山のごめんなさいを、私は彼女に言わなくてはいけない。

話を聞いてくれて、ありがとう。

何度も励ましてくれて、ありがとう。

叱ってくれて、ありがとう。


愚痴ばかりで、ごめんなさい。

貴方の悪口を沢山言って、ごめんなさい。

嘘をつかせて、ごめんなさい。


「タマちゃん……」


彼女は私のたった一人の友達だ。

私は痛む足を懸命に引きずりながら病室を目指す。

どうか間に合って……お願いだから……

私の様子を見かねた看護師さんたちが、何度か手を貸してくれようとしたけれど、私はそれを全て断った。だって、これは私とタマちゃんとの約束なんだ。

一人で行かなくては意味がない。

しばらくしてたどり着いた先にはタマちゃんがいた。人工呼吸器でかろうじて命を繋ぎ止めている様子だ。彼女の親戚はまだ到着してないらしい。

環さんはベッドで横たわるタマちゃんの手を握っていた。

「やっと、……あえたねぇ……」

目尻に皺《しわ》を沢山寄せて、彼女は嬉しそうに笑う。私はベッドの脇に座り込むと、肩で息をしながらへらりと笑った。

「大変だったんだから」

タマちゃんはその言葉に一つ頷いただけだった。

もう言葉を発するのもつらいのだろう。

一つ一つの仕草や行動が彼女の命を削《そ》いでいる。そんな気がした。

「これ、から……がん……ってね……」

「うん、がんばる」

その言葉にタマちゃんは嬉しそうに何度も頷いてくれた。

「タマちゃん、次はちゃんとお茶しようね。約束だよ」

私のその言葉に、タマちゃんはそっと手を握ってくれた。

彼女の手は指の先まで木の枝のように細くて、頼りなかった。折れてしまいそうなそれは、血液が通ってないのかと思うぐらい冷たくて、彼女がもうすぐ目の前からいなくなるのだと、私に実感させた。

目の前がじんわりと滲んでくる。唇を噛めば、血の味がした。

嗚咽《おえつ》をなんとか飲み込みながら、ゆっくりと眠たそうに瞬《まばた》きを繰り返す彼女に頭を下げた。

「あり、がとうっ……ごめん、……さい……」

彼女はやっぱり顔をクシャリと潰すようにして笑った。

それからしばらくして、タマちゃんは死んでしまった。

私はタマちゃんとの約束通りにリハビリを今まで以上に頑張っている。日常生活をおくれる程度には回復したから、そろそろ退院できるらしい。

今の夢はフルマラソンを走れるようになるまで回復することだ。

『明日、世界が終わる確率』

その確率を調べることはきっともうないけれど、恐らく数字は大幅に下がっているだろう。

だって今の私は、世界の明日も、私の明日も、望んでいるのだから。

彼が
奥さんと
別れる
確率

毎週金曜日、午後八時に決まって彼はやってくる。

木をそのまま切り出したような長いカウンターに、背もたれのない椅子。淡い橙色の照明の上には日本酒の瓶が所狭しと並んでいて、壁には少し黄ばんだプロ野球選手や芸能人のサインが並んでいる。こぢんまりとした店内にテーブル席はなく、カウンター席に人が座れば、後ろには人が通るのもやっとというぐらいのスペースしかない。満席になったとしてもきっと十人も入らないだろう。

カウンターの奥には白髪《しらが》交じりの偏屈そうな店主と、人の良さそうなバイトの青年が忙しそうに仕事をしていた。

居酒屋『酉吉《とりきち》』

その名の通り、焼き鳥が自慢の小さな居酒屋である。広島市の歓楽街である流川《ながれかわ》のはずれに、その店はひっそり佇《たたず》んでいた。

私は奥から二番目の席で、焼き鳥数本と酎《ちゅう》ハイを頼み、じっとそのときを待っていた。

「いらっしゃいませー！」

木の引き戸が開く音と共に若いバイトの声が、狭い店内に響き渡る。私は席に座ったまま、緊張で少しだけ身体を強《こわ》ばらせた。先ほどまで飲んでいた酎ハイが身体の芯を熱くさせ、額《ひたい》に冷や汗が滲《にじ》む。

いや、この緊張や鼓動《こどう》は、何も摂取《せっしゅ》したアルコールのせいじゃない。そんなものはわかっていた。

「あぁ、牧《まき》ちゃんこんばんは。偶然だね」

そう微笑みながら藍《あい》色の暖簾《のれん》をくぐってきた男性に、私は思わずにやけそうになった。

涼しそうな笑顔に、仕事終わりだというのにきっちりと着こなしたグレーのスーツ。物腰の柔らかそうな低い声は、私の耳朶《じだ》をじっとりと打つ。

彼の名前は高橋信吾《たかはししんご》さん。

私の好きな人である。

きっちり線の入ったスラックスに今日初めて皺《しわ》を入れるかのごとく、彼は私の隣に腰掛けた。鼻腔《びこう》をくすぐるさわやかな柑橘《かんきつ》系の香りに、今にも触れてしまいそうな肩に、頬が熱くなる。

「あ、隣良かったかな？」

いつも通りにお通しとビールを注文したあと、彼は遠慮がちにそう尋《たず》ねてきた。

「聞くのが遅かったよね？」なんて苦笑を漏らす姿も、また素敵だ。

私はその問いに、まるで首がちぎれそうな勢いで何度も首肯《しゅこう》した。

駄目なわけがあるはずない。そもそも私は一時間ほど前から彼を待っていたのだから……。

端《はた》から見たら少し引いてしまうような首の振り方だっただろうが、彼は一度噴き出したあと「それはよかった」と微笑んだ。その彼の笑みに、私もつられてへらりと笑う。まるで氷が溶けるように、緊張が解《ほぐ》れていく。

「……信吾さん、今日は一人なんですね」

カラカラに渇いた喉をアルコールで湿らせながらそう聞けば、彼はにっこりと優しげな笑みを浮かべる。

「そんなこと言ったら、牧ちゃんはいつも一人だね」

「私は……一人が好きなんです」

「じゃぁ、やっぱり俺はお邪魔だったかな？」

「邪魔じゃないですっ！」

その声が大きかったからか、眉間《みけん》に皺《しわ》を寄せた店主が無言でギロリと私を睨《にら》む。私はその視線に身を竦《すく》ませると、恥ずかしさで視線をグラスに落とした。

彼は小さくなった私の頭上に丸い笑い声を落とす。馬鹿にしているようなものではなく、兄が妹に向けるような、慈愛《じあい》の込もった優しい笑い声だ。その声に視線を上げれば、彼は片肘《かたひじ》をつき、シャープで男らしい輪郭《りんかく》を左手で支えていた。

その薬指には変わった意匠《いしょう》の指輪が輝いている。イメージは『幸せの青い鳥』だろうか。小鳥が模《かたど》られたその指輪は、他ではあまり見ないデザインだった。

そう、私の片想いの相手には奥さんがいる。

彼は既婚者だ。

『彼と奥さんが別れる確率』

彼に微笑み返しながら、私は机の下でひっそりとそれを調べる。毎回どころか、毎日といって良いほどに調べているので、履歴からたどればすぐに確率は算出された。

『9・097％』

先月よりは1%ほど上がった確率に、私はほのかな高揚感と、自己嫌悪を感じていた。

◆◇◆

決して珍しくもない話だろうが、私は私のことが好きではない。

嫌なことを嫌とは言えない自分が。

常にいい人ぶろうとする自分が。

いつでもどこでも、お馬鹿なキャラを演じてしまう自分が。

好きな人に好きだと言えない自分が。

誰に対しても本音を言えない自分が、好きではない。嫌いといってもいい。

たとえば仕事中に、美人な上に話し上手で、常に男性からのアプローチが絶えない友人から、

『来週、合コンがあるんだけど詩織《しおり》も行くよね？　というか、もう行くって言ったから、来週空けといてよね！　盛り上げ役、ヨロシク！』

なんて、明らかに引き立て役として起用するような連絡が来て、

『ごめん。好きな人がいるから、もう合コンはちょっと……』

なんて返せる人間になれたらどれほどいいだろうと思う。せめて『行きたくない』とか、『合コンには興味がない』とか、そういう少しは本心に沿《そ》った断り文句が言える人間ぐらいにはなりたいものである。

私は職場である婦人科病院の休憩室で、お昼のお弁当をつつきながら携帯電話と睨めっこしていた。その後ろを同じように休憩に入った看護師たちがぞろぞろと通っていく。

職場が病院といっても、私は彼女や彼らたちみたいに看護師というわけではない。ましてや医師というわけでもない。私の仕事は医療事務だ。主に受付業務やレセプト処理を担当している。

「『その日は用事がある』ってのは、先週使ったばかりだしな……」

そもそも、『来週』と書いてあるだけで日にちは指定されていないのだから、その断り方には無理があるというものだ。私は溜息をつきながら宛先に表示されている

【美香《みか》】という文字を撫でる。

美香は、毎週のように私を合コンや飲み会に誘ってくれる、大学生時代からの友人だ。美人で友人も多い彼女が、どこにでもいるような平々凡々な私をそういった場に誘おうとするのは、きっと私が自身の引き立て役に丁度良いと思っているからだろう。そして、私は引き立て役にされるとわかっていて、結構な頻度《ひんど》でその飲み会に参加していた。その理由は簡単だ。私がその誘いを断れないからだ。断って、彼女に嫌われるのが怖いからだ。

美香は大学生時代から、強引というか、見方によってはわがままな性格だった。彼女は美人で社交的で、思ったことをなんでもズバズバと言うような子だ。竹を割ったような、というよりは、自分は何を言っても許されると思っているような感じで、一部の人からは大いに反感をもたれていた。綺麗な容姿も相まって、先輩からは『鼻につく』なんて言われていたほどだ。しかし、当の本人は気にすることなく自分を押し通す。その姿に私は憧れを抱《いだ》いたのだ。

誰になんと言われても自分を持っている彼女が、当時の私には容姿以上にきらきらと輝いて見えた。

すでにその頃には私は私のことが嫌いで。そんな自分から卒業したい一心で、私は自分から彼女に近づいた。傍にいれば自分も彼女みたいな強さが得られると思っていたのだ。

しかし、蓋《ふた》を開けてみれば社会人になった今も自分の意思は弱いままだ。そして、彼女に振り回され続けている。

いろいろ思うところはあるが、美香は別に悪い人間ではない。強引なだけで一緒にいれば楽しいし、気の良い人間だ。私を引き立て役にすることに関しても、私が嫌だと言わないからそのままで良いと思っているのだろう。私が一言『合コンには行きたくない』と言えば、理解してくれるだろうし、もう誘っても来ないだろう。

何もかも、私の意思の弱さがいけないのだ。言いたいことをちゃんと言えない心の弱さが。

ああ、もう、本当に
私は私が嫌いでしょうがない……

「どうしようかなー……」

そう呟《つぶや》きながら、未来を予想する。きっと私は来週合コンに行って『美人な友人達の引き立て役』という仕事をするのだろう。そして、場を盛り上げるだけ盛り上げて、誰にも連絡先を聞かれないまま家路につくのだ。別にちやほやされたいわけではないが、そういう場に行って女性としてまったく相手にされないというのも辛いものがある。しかし、断れない私はその任務を遂行《すいこう》するのだろう。内心嫌々だけれど、そんなことおくびにも出さずに……

「そういえば信吾さんに出会ったのも、飲み会の帰りだったな……」

先ほどの呟きとは明らかに声色《こわいろ》が変わったのが自分でもわかる。唇は自然に弧《こ》を描いた。

あれは、半年前に遡《さかのぼ》る。

今とは季節が真逆で、桜が咲き始めた頃。私は『花見』と称した飲み会に半ば騙《だま》されるような形で参加させられた帰り道だった。『花見』だというのに、窓もないような地下のバーに連れて行かれたからおかしいと思っていたが、まさかスクリーンで桜を見ながら飲み会をするなんて想像もつかなかった。

美香達はそれぞれ良い具合に相手を見つけ夜の街に消えていき、私だけが取り残されるような形で一人家路につくことになった。私は前後不覚になりながら、夜道を歩くことになった。気分は陰惨《いんさん》としていて、飲み会で相手にされなかっただけなのに、まるで世界中の人から必要とされていないかのような心持ちを味わっていた。

そんなとき、『酉吉』の前を通ったのだ。炭火焼きの香ばしい匂いが鼻腔をくすぐる。この匂いは焼き鳥だろうか。煤《すす》けた煙に乗って、滴《したた》る脂《あぶら》まで私に届いた気がした。ぱりっと焼けた手羽先の香ばしい鳥皮まで想像してしまって、私は陰鬱《いんうつ》とした気分を振り払おうと、まるで惹《ひ》かれるようにその暖簾をくぐった。

小さな居酒屋には五人の先客がいた。私は空いている席に座ると、熱燗《あつかん》と焼き鳥数本を頼む。店主は私の様子を見て、お酒を出すことを渋っていたけれど、最終的には仕方ないと諦《あきら》めたように出してくれた。

そのときの私は自分が思っているよりもふらふらな状態で、日本酒を徳利からおちょこに移すこともままならない状態だった。やっとのことで注ぎ終わり、口をつけようとしたそのとき……

「大丈夫？　手伝おうか？」

偶然隣にいた彼が声をかけてきたのだ。

整った顔立ちに優しげな声、清潔感のある服装に肩に乗った暖かな手のひら。見知らぬ男性からいきなり声をかけられて、私の意識は一気に覚醒《かくせい》した。しかし、それで体内のアルコールがなくなるはずもなく、すぐに視界が回り出す。

「うん、手伝おう」

私の様子を見て一つ頷《うなず》いた彼は、おもむろに徳利を手に取ると、それを一気に呷《あお》った。もちろんその徳利は、私が注文したものだ。

「あー……」

情けない声が漏れる。のど仏が何度か上下し、日本酒が彼の胃袋に流れ落ちていく。

彼は全て飲み干すと、呆《ほう》ける私に向かって困ったような笑みを浮かべた。

「飲んじゃってごめんね。でも、これ以上飲んだら帰れなくと思ったからさ。……というか、坂巻《さかまき》さん、これだいぶ薄めましたね。ほとんどお湯じゃないですか」

「へ？」

当たり前だというように、店主が眉間《みけん》に皺《しわ》を寄せたまま一つ頷く。坂巻というのは店主の名前だろう。

私は二人を交互に見たあと、しょんぼりと肩を落とした。そして消え入りそうな声で「すみません」と謝る。初対面の人にまで心配や迷惑をかけて、本当に穴があったら入りたい気分だった。鬱々《うつうつ》とした気分を払いたくて店に入ってきたはずなのに、私の心の中はますます暗く落ち込んでいく。すっかり意気消沈《しょうちん》してしまった私に、彼はやはり優しい声色を落とす。

「ごめんね。やっぱり余計なお節介だったかな？」

「いえ、……あいがとうございあした」

「呂律《ろれつ》、回ってないね」

「しゅみま……、しゅ、すみません」

「言い直さなくても伝わるから、大丈夫だよ」

肩を震わせながら彼は笑う。その笑みがなんだかすごく安心できて、私も気がつけば口元に笑みを作ってしまっていた。

「とりあえず、飲み物はウーロン茶にしたら？　そんなに酔っていたら味なんてわからなくなっているだろうから、ウーロンハイだと思って飲むといいよ」

「はい。そうしましゅ」

「うん。女の子なんだから前後不覚になるまで飲んだらダメだよ。危ないからね。ちゃんと自分を大切にしないと……」

叱るというよりは諭《さと》すという言葉がぴったりな声色だった。私は先ほどまで下げていた顔を少し上げて、苦笑いを浮かべる。

「来週からは気をつけます」

「来週って、来週にも飲む予定が入ってるの？」

「ちなみに、再来週にも入っていましゅ」

そう言いながら自嘲気味に笑ってみせる。するとその笑みに何かを感じ取ったのか、彼は「嫌なら断ったほうがいいよ」と、アドバイスをくれた。

「そう、ですよね……」

その言葉に、私はまた小さくなる。

「私、断るのって苦手で。……本当はいい人じゃないのに、いい人ぶってしまうというか。言いたいことが言えないというか。嫌われたら怖いって思いもあって、いつもなんだかんだ断れなくて……。でも本当は、そういうところ行っても嫌な思いするだけだし。合コンとか飲み会とか、ちょっともう遠慮したいなぁって思ってて……って、何言ってるんですかね。こんなときばっかり呂律回るし……ほんともう……」

小さくなった身体を更に一段と小さくして、私はまるで縋《すが》るように机に伏《ふ》した。馬鹿みたいに飲んで阿呆《あほ》みたいに醜態《しゅうたい》をさらして、本当に恥ずかしいばかりだ。もう消えてなくなってしまいたい。

「優しいんだね」

自己嫌悪でガチガチに固まった心に、彼の声はよく響いた。

「君はみんなの期待に応えたいだけなんだね。よく頑張ってるね。えらいえらい」

その言葉が胸にジンときた。どうしようもなくありきたりで、呆《あき》れるぐらい簡単な励《はげ》ましの言葉に、胸が詰まった。恋に落ちた瞬間というのがあるとするなら、私の場合はきっとこのときだった。『頑張ってる』なんて褒《ほ》め言葉、子供のとき以来だ

そして、私は酉吉の常連になった。彼に会えるという下心ももちろんあったが、それと同じぐらいにあのこぢんまりとした居酒屋の雰囲気が気に入ったのだ。

常連になってからしばらくして、彼が既婚者だと気がついたのだけれど、私の気持ちはまったく揺るがなかった。むしろこんなにいい男性なら当然だと納得したぐらいだった。

あらかじめ、誤解のないように言っておきたいのだが、私は不倫賛成派というわけではない。たまたま好きになった人が既婚者だったというだけなのだ。そもそも、不倫なんてリスクの高いこと、臆病な私にできるはずがないのだ。その証拠に私は彼に想いも伝えていなければ、「終電逃しちゃった」なんて甘い声を出したこともない。

まぁ、そんなことを言う意気地がないだけなのかもしれないのだけれど……

私がしていることといったら、ただ願うような心持ちで確率を調べるだけだ。

私は半年前の懐かしい思い出に浸《ひた》りながら携帯電話を操作する。

『彼が奥さんと別れる確率』

『9・929%』

今日も夫婦仲は概《おおむ》ね良好らしい。

「女の人って、何考えているのかよくわからないよね」

その週の金曜日、いつになく荒れた様子で彼はそう愚痴《ぐち》をこぼした。お酒の量もいつもより多い気がする。彼の隣に陣取っている私は、その言葉に首を傾《かし》げた。

「どうかしたんですか？」

「うーん。なんていうか、昨日夫婦喧嘩しちゃって……。妻がなんで怒っているかわからないんだよね」

彼が弱みを見せるところなんて珍しい。私は彼の話を聞こうと少しだけ身を寄せた。

「喧嘩した原因がわからないんですか？」

「いや、喧嘩した原因はわかってるんだよね。いつものちょっとした言い争いで、これはよくあることだからいいんだけど……」

彼は言いにくそうに言葉尻を濁《にご》す。

「……なんか『放っておいて！』って寝室に逃げていくから、落ち着くまで一人にさせておいたほうがいいと思ってそっとしておいたんだよね。そしたら、なぜか更に怒り出しちゃって……」

「あー……」

私はそれを聞きながら小さく声を漏らした。

きっと彼の奥さんは『放っておいて』と言いながら、本心では彼が放っておかないことを期待したのだろう。愛を確かめる行為というか、構ってほしいがための行為というか。同じ女性である私からしてみれば、別段珍しくもないし、理解できる気持ちと行動である。

しかし、男性である彼は言葉をそのままに受け止めたのだろう。男性は得てして、女性より察することに弱いような気がする。まぁ、私の薄っぺらい男性遍歴《へんれき》で男性を語ってはいけないのだろうが……

「牧ちゃんはわかる？」

「うーん、どうですかね。状況をちゃんと見ていないのでよくわかりませんね。ごめんなさい」

奥さんの心理は理解できる。しかし、それを私の口から彼に言うのは、敵に塩を送るようなことだ。だから、私は口を閉ざした。

まぁ、閉口したところで、結果としてはもうすでに始まる前から惨敗しているような格好なのだけれど……

「俺、こういうの疎《うと》くてさ。女の人って何したら許してくれるものなのかな」

「そうですね。同じ女性といっても、私は信吾さんの奥さんがどんな人かも知らないので。すみません、力になれなくて……」

「じゃぁさ、牧ちゃんが僕の妻だったとして、どんな謝り方したら許してくれる？今日こそはちゃんと仲直りしたいしさ、参考にさせてよ」

「えぇっ!? わ、私が信吾さんの奥さん？」

「だったら、ね」

想像だけでも思わずにやけてしまいそうだ。しかし、気持ちを隠していたい私は冷静な自分を装いながら、「そうですね」と口にする。

私はまだ見ぬ彼の奥さんに私をそっと置き換えてみる。きっと私なら、彼が普通に謝ってくれただけでも簡単に許せてしまうだろう。そこに花なんか買ってきてくれたら、許すどころか惚れ直す。そう思うと、真摯《しんし》に謝っている彼を許さない彼の奥さんがどうしようもなくわがままな女に思えてくる。

「どうですかね。案外、このまま放っておいたほうがだんだん冷静になれるかもしれませんよ。今日はこのまま飲んで、一晩冷静になる時間を互いにもうけるとか……」

気がつけば、私は自分がされたら最も嫌な方法を提示していた。喧嘩した翌日に夫が帰ってこないとか、想像しただけでぞっとする。怒りだって湧いてくる。

彼は本当に困っているというのに、……最低の女だ。

「帰らないっていうのは流石《さすが》にあれだけど……。そっか、時間をおくっていうのは良い考えかもしれないね」

彼は一つ頷く。

そんな素直な彼の様子に、胸が痛んだ。自分がけしかけたことなのに後悔の念が襲ってくる。私は席を立つと、まるで逃げるようにお手洗いへと向かった。

そして、そこでいつものように【未来予測システム】を立ち上げた。

『彼が奥さんと別れる確率』
『15・863％』

その上がった確率に私は一瞬喜んで、そして、次の瞬間には自己嫌悪に押し潰《つぶ》されそうになった。人の不幸を喜ぶなんて最低の人間がすることだ。

なんだか、確率が上がるたびに、私は私のことがますます嫌いになっていくような気がする。

私はスマホの画面を消すと、深く溜息をついた。

◆◇◆

それから数日後、私はいつもより着飾った格好で、並木通りのほうまで出てきていた。その隣にいるのは私よりも数段着飾った美香である。その姿は同性の私から見ても、すごく色っぽかった。

首周りが広いニットのワンピースは胸の谷間が見えそうだし、ぴったりと身体にくっつくようなデザインなので身体のラインが浮き彫りだ。その下から伸びるのはすらりと長い足で、黒いタイツに覆《おお》われているのにどこか艶《なま》めかしい。

一方の私と言えば、先日買った千鳥格子《ちどりごうし》柄のワンピースである。服は可愛いのだが、なんだか私が着ると学生のように見えてしまう。とても彼女みたいな色気は醸《かも》し出せない。今から合コンだというのに、やる気なんて微塵《みじん》も感じさせない服装だ。まぁ、服装通りにやる気なんてないのだが……。

そう、私達は今から合コンに行くのだ。私の未来予測は悲しいことに完全的中していた。私達は美香の友達である残りの二人と合流し、待ち合わせ場所のダイニングバーに向かう。

お祭り騒ぎのような飲み会は、そうして始まった。

私は顔に笑顔を貼り付けたまま、ワインを飲む。たまに振られる楽しくもない会話に適当に相づちをうちながら、美味しくもない食事を口に運ぶ。いや、正確にはきっと美味しい食事なのだろう。グルメ情報誌に載るぐらいの店だと美香が喜んでいたのだから、それは確かだ。しかし、私はまるで砂を噛むような心地で目の前の料理を咀《そ》嚼《しゃく》する。なんだかとても味気ない。

こういうときに、食事は一緒に食べる人が重要なのだと、改めて思い知らされる。信吾さんと食べる食事はきっとどんなものだって美味しく感じるのだろう。

「信吾さん、どうしてるかな……」

周りには聞こえない声でそう呟いた。今回も男性陣は平々凡々な容姿で愛想のない女より、綺麗で話し上手な美香達のほうに食らいついていた。それはそうだろう。私だって彼らの立場ならそういう選択をするかもしれない。

忘れていた、と一瞬はっとしてから振られる会話は、なんだかとても気持ちが悪いし、場が白《しら》けないように必死で明るく返す私自身も気色が悪い。それで大丈夫だと判断する周りの雰囲気も気味が悪い。

『嫌なら断ったほうがいいよ』

ワインに口をつけていると、そんな彼の声が耳朶《じだ》を掠めた。私はその声に顔を上げる。ここにいないはずの彼が、そっと背中を押してくれた気がした。

「ごめん、美香。お酒飲みすぎたみたいだから、帰ってもいいかな？　……気分が悪いんだ」

様子を見計らってた私に、美香は一瞬ぽかんとしてから一つ頷いた。

「え、うん」

「本当にごめんね。それじゃ……」

まるで逃げるように私はその場を後にした。支払いはもうあらかじめ済ませていたから、心置きなく帰ることができる。

「大丈夫？　送ろうか？」

去って行く私の背中に、誰かが申し訳なさげに声をかける。私は少しだけ振り向きながら、「大丈夫」と、その申し出を断った。彼らだって本当に「それなら、送って」なんて言われたら困るだけだろう。

外に出ると、肌寒い風が首筋を撫でた。もうすぐ秋を越えて冬がやってくる。人肌が恋しい季節が間近に迫っていた。

そんなときに人肌を求めるわけではなく、一人になった私の気分はとてもスッキリとしていた。

もしかしたら先ほどのことで美香に嫌われたかもしれない。前まで怖かったはずのそれが、今はどうでも良く感じられた。こんなことで嫌われるならそれまでの仲だったのだ。

「西吉に寄ろうかな……」

気分が良いままそう零《こぼ》したとき、すぐ後ろで人の気配がした。


「待って、やっぱり送るよ」

息を切らして店から出てきたのは、合コンで一番調子に乗っていた男だった。キメすぎたツーブロックと、力の入れすぎたファッションがなんだか逆に格好悪い。

美香のことを狙っていた彼だが、あまりにも調子が良すぎぎてまったく相手にされていなかったのを思い出す。そんな彼が私に何の用だろう。

ふと頭をよぎった嫌な予感に、私は思わず溜息をついた。

「いや、大丈夫です」

「そんな体調が悪そうなのに、一人で帰らせることなんてできないよ。家まで送らせて。上がらないから」

そんな下心満載《まんさい》な台詞《せりふ》をぶつけられて、はいそうですかと頷けるほど軽い女じゃないつもりだ。

「本当にいいです」

私はきっぱりと、それこそいつもより声を張って、そう言った。しかし、彼はまるで聞く耳を持たない。

「大丈夫だって！　家この辺だって言ってたよね？　今、タクシー止めるから」

「ちょっと、待ってください！」

まったく相手にされないのも切ないものがあるが、変な男に下心ありで近寄られるのも本当に困った事態だ。私は逃げようとするが、彼は強引に腕を引く。

「離してください！」

「一人じゃ危ないって」

本当に話を聞いていない。こっちにはその気がないのに強引すぎる。

「ちょっと！」

私はあらん限りの力で思いっきり腕を引く、そのときだった。

「何してるのかな？」

突然、視界に信吾さんが現れた。その登場に驚《おどろ》いたのか、私だけでなく腕を引いていた彼も動きを止めてしまう。私は目を数回瞬《またた》かせてから、自分の頬を抓《つね》った。

「痛い……」

「本当に何してるの」

信吾さんは私の行動に肩を震わせて笑う。そして、にこやかな笑顔のまま彼に視線を止めた。

「うちの妹に何か用かな？」

「あ、……えっと、体調が悪いみたいなんで、送って帰ろうかと……」

「そうなんだ。じゃ、俺が送るから君は帰っていいよ。気を遣《つか》ってくれてありがとう」

有無《うむ》を言わせない笑顔にたじろいだのか、ツーブロックの彼はそそくさとその場を後にした。

その後ろ姿を見送って、信吾さんは一つ息をつく。

「危機一髪って感じかな」

「すみません、助かりました。ありがとうございます！」

「別にたいしたことはしてないよ。だけど、今のは結構危なかったと思うから、今度からは気をつけなよ。牧ちゃん、可愛いんだし」

「可愛い……」

「可愛いよ。だから気をつけてね」

誰にでも言っているような社交辞令で、私の頬は真っ赤に染まる。そんな私の顔色に気づかないまま、彼は会話を進めていく。

「というか、なんで途中で頬抓ったの？」

「あれは、信吾さんがまるでドラマみたいな登場の仕方をするから……」

「え、そんなにおかしかったかな？」

「おかしくないですよ。かっこよかったです！」

「かっこよかったのか。……それなら良かった」

目尻に皺を寄せながら彼はにっこりと微笑んでみせる。本当は王子様のようだと思ったのだが、それはあまりにも恥ずかしすぎるので秘密だ。『王子様』なんて言葉、まったくもって乙女すぎる。

「まぁ何より、牧ちゃんが無事で良かったよ」

「信吾さん……」

まるで勘違いしてしまいそうな声色に、私は慌てて頭を振った。これ以上の優しい言葉は心に毒だ。

「そ、そういえば！　今日はどうしたんですか？　酉吉に行く予定だったんですか？あ、でも、今日は木曜日か……」

「いや。今日はあそこに行くつもりはないよ。実は同僚ともう別の店で飲んだんだ。ほら、すぐそこ」

そう言って指したのは居酒屋のチェーン店だ。黄色い電飾のついた看板が目に痛い。

「なんだか、信吾さんが金曜日以外に飲みに出るって珍しいですね」

出会ったばかりの頃、信吾さんがいつあの居酒屋に行くのか知りたくて、いろいろ質問をしていた時期があった。そのときに彼は言っていたのだ。

「飲むのは毎週金曜日だけって決めているんだ。まぁ、歓送迎会とかは別だけどね。外で飲むのも好きだけど、夫婦の時間を持てなくなってもいけないからさ」

奥さんのことを気遣う彼の言葉に、胸が締め付けられる。けれど、それが彼の優しい心根を表しているようで、また惚れ直してしまった。

そんな私の素直な質問に、彼は苦笑いを浮かべる。

「昨日、とうとう大きな喧嘩しちゃってね。もうどうすればいいかわからなくてさ。帰るのも億劫《おっくう》になってきちゃって……」

同僚に誘われて良かったよ、と彼は頬をかく。顔は笑っているのに、奥さんとのことで思い悩んでいる彼の雰囲気が、私の胸を締め付けた。

そして、私は本音を漏らしてしまう。

「……私が信吾さんの奥さんだったら、そんなことで悩ませたりしないのに……」

「そうかな」

「そうですよ！」

力強く肯定したあとに、しまったと思った。これでは遠回しに告白しているようなものだ。彼のことは好きだが、奥さんがいる人に想いを伝えるなんてむなしいことはしたくない。そう思って、今まで彼と接してきた。なのに……

「それなら、牧ちゃんをお嫁さんに貰う人は幸せだね」

そんなふうに突き放すようなことを言うから、私は苦しくなって、彼の袖《そで》を握ってしまう。手触りの良い生地に少しだけ爪を食い込ませて、必死に首を振った。力はそんなに入っていないはずなのに、その手は小刻みに震《ふる》えていた。

何をしているのか自分でもよくわからない。

彼は大きな手で私の袖を握っている手を包むと、やんわりと袖から遠ざけた。そして、見上げる私の頭を撫でる。

「こんなに愚痴ってるけどさ。俺、妻のこと愛してるんだ」

「……知ってます」

「うん。それならいいんだ」

暖かい日差しのような視線が私を照らす。そのまぶしさに焼かれないように、私は視線を落とした。唇を噛みしめる。顔が熱くなり、涙腺《るいせん》が緩んだ。

　あぁ、失恋したのか。


　その事実だけが、胸を満たす。

　驚いた様子はないから、薄々前から気づいていたのだろう。

　そして、その事実が確定した今、彼は私に釘を刺した。

　釘《くぎ》を刺した。これ以上は無駄だと釘を刺した。

　奥さんのことを愛しているから君のことは愛せないと、釘を刺した。

　結局、ちゃんとした告白もできないままに、私は釘に刺されてしまった。これじゃ、身動きの一つもできやしない。

「私、体調悪くなったんで帰りますね」

　早口でそう言って、私は踵《きびす》を返す。その背中に彼はやっぱり優しい音を投げる。

「気をつけてね」

　そう言ったあとに、少しだけ間を置いて……

「……嬉しかったよ」

彼は言いにくそうに、それでも私を傷つけないために、そう言った。

私は、その言葉と同時に走り出す。

悔しいのか、惨めなのか、よくわからない感情が、目尻から溢《あふ》れて地面に染みを作った。

相手の都合も考えずに私は何をしているんだろう。

やっぱり私は私が嫌いだ。

◆◇◆

あんなに惨《みじ》めでむごたらしい夜でも、朝はいつも通りにやってくる。時間は誰にだって平等だっていうけれど、こんなときぐらいは不平等でもいいんじゃないかと思う。

泣き続け、赤く腫《は》れた目を冷やして、私はいつも通りに職場に向かった。職場の人は私の様子がおかしいことに気づいて心配してくれたけれど、私は何も答えられなかった。失恋で一晩中泣いたなんて、恥ずかしすぎてどう説明していいのかわからない。

あっという間の午前が終わり、午後の診療が始まった頃、仲良くしている職場の先輩がそっと声をかけてくれた。

「詩織ちゃん、大丈夫？　あれなら休憩してもいいからね」

「大丈夫です。働いていたほうが気が紛《まぎ》れるので。それよりも、私まだ変な顔していますか？」

「今朝よりはずいぶんマシになったと思うわ。まぁ、何かあったら変わるから相談してちょうだいね」

「はい、ありがとうございます」

先輩の心遣いに感謝しながら、私は鳴り響いている受付の電話を取った。月末で忙しいのがありがたい。少なくとも働いている間はいろいろなことを考えなくて済む。

電話を切ると、一組の夫婦がちょうど受付に来たところだった。私はその夫婦を見て、顔を綻《ほころ》ばせる。

「今日もよろしくお願いします」

彼女は車いすでやってきた。彼女が乗った車いすを押すのは、眼鏡をかけた優しそうな夫だ。目立ってきたお腹を愛《いと》おしそうに撫でる彼女は、見ているほうまで幸せになってしまうような顔をしていた。

「由梨《ゆり》さん、今日も旦那さんとなんですね。仲が良くてうらやましいです」

そう声をかければ、彼女ははにかむように笑って、ロビーのほうへ向かって行く。彼女の足は事故の影響で少しだけ不自由らしい。普通に歩いてくることもあるから、今日はたまたま調子が悪かったのだろう。

仲睦《なかむつ》まじそうな後ろ姿を、私は羨望《せんぼう》の眼差しで見つめる。そこに自分の未来を重ねようとして、失敗した。重ねようにも相手がいない。

由梨さんの姿がロビーの奥に消えたあと、暗い雰囲気を背負って一人の女性が受付の前にやってきた。年齢は三十代前半だろう。彼女は黙ったまま保険証を受付に置いた。

「今回はどうされましたか？」

問診票を渡しながらそう聞けば、彼女は消え入りそうな声で「妊娠したかもしれなくて……」と言う。ショートボブの奥に隠れた顔がなんだか青白い。

その様子に私は笑顔を貼り付けながら、心の中で嘆息する。彼女のお腹の中にいる子供は、もしかしたら望まれてできた子供ではないのかもしれない。心苦しいことだが、一日に数件はそういう人が来る。

彼女は問診票を受け取ると、ふらりと椅子に腰掛けた。問診票を書き始めたのを見計らって、私は机の上に置いてある保険証を確認する。

健康保険被保険者証
氏名　高橋環
被保険者氏名　高橋信吾

そこに書いてある名前に息を飲んだ。

高橋信吾

何度確認しても、その名前はそこにある。

もしかしたら同姓同名の別人かもしれない。そんな希望で問診票を書く彼女を見れば、丁度書き終わったようだった。

「これでいいですか？」

そういって差し出す彼女の左手には、彼と同じ鳥を模った指輪がはまっていた。

「その指輪……」

驚愕に震えた唇からは自然とそんな言葉が漏れる。彼女はその言葉に、自身の左手を見た。互いに視線をその指輪に止めたまま、私は慌てて言葉を紡いだ。

「め、珍しいデザインですよね！」

「あ、はい。これは結婚するときに夫と二人でデザインしたもので……」

その瞬間、彼女は笑顔になる。そして、何かを思い出すように目を細めたあと、ゆっくりとその指輪を撫でた。

「彼と同棲しているとき、私とあの人で小さな鳥を飼っていたんです。ケガをしていて飛べなくなった小鳥でした。その子はもう死んじゃったんですけど、これはその子を模して作ったんです。実は、付き合ったきっかけもこの子で……。だから、いつも付き合ったばかりの気持ちを忘れずに、互いに互いを思いやって支え合って生きていこうって、彼がこの指輪のデザインを……って、こんな話興味ないですよね。すみません」

そういう彼女の口元には笑顔が浮かんでいる。それはきっと、何物にも代えがたい素敵な思い出なのだろう。他人の私から聞いてもとても良い話だ。

恋敵だった人から惚気話を聞いているというのに、私の心は先ほどまでよりすっきりとしていた。むしろ、幸せを分けてもらったような心持ちである。それは、二人がとてもいい夫婦だとわかったからだろう。私なんかが入り込めないぐらいに二人は想い合っている。

完敗だった。本当にもう、完敗だ。

玉砕《ぎょくさい》にしても粉々《こなごな》すぎて、目も当てられない。

「素敵な旦那さんですね」

満面の笑みでそう言うと、環さんの顔は途端に暗くなる。

「ええ、とっても」

その声は少しだけ涙が滲んでいた。

「環さん？」

「……ごめんなさい」

その瞬間、彼女の大きな瞳から涙が転がり落ちた。

次々と音もなく転がり落ちるそれを、私は眺めることしかできない。

彼女は何度も目を擦《こす》り、涙を止めようとするのだが、一度堰《せき》を切った想いは留《とど》まることを知らないようで、数秒も経たないうちに彼女の口からは嗚咽《おえつ》が漏れはじめた。

彼女の口は「ごめんなさい」を繰り返す。私は思わず傍に寄り、持っていたハンカチを差し出した。そして、受付を先輩に任せると、彼女をロビーでも人から見えにくいところへ連れていき、ソファーに座らせた。

しばらくして、落ち着きを取り戻した彼女に、私はそっと声をかける。

「大丈夫ですか？」

「はい。……取り乱してしまってごめんなさい」

取り繕《つくろ》うように薄く笑う今の彼女には、指輪の思い出を話してくれたような明るさはない。彼女はじっと黙ったまま、自身の下腹部に手を当てていた。

「あの、もしかしてお腹の中の子供さん……。いえ、やっぱり……」

「大丈夫ですよ。お腹の中の子はちゃんと夫との子です」

口を衝《つ》いて出た質問に慌てて蓋をしたのだが、彼女には質問の意図がバレてしまったらしい。困ったように笑いながら、彼女は怒ることもなくそう答えてくれた。

そしてそのまま、彼女はゆっくりとしたペースで言葉を紡ぐ。

お腹の中の子はちゃんと夫との子供だということ。

しかし、夫とは最近喧嘩が多く、すれ違いの日々だということ。

帰るのが遅いから他に女の人がいるのではないかと疑っているということ。

もしそうなら、産むなと言われるのではないかということ。

それはまるで、自分でも整理できてなかった想いを、改めて整理しているかのようだった。

「ずっと二人で欲しいねって言ってきて、やっとできた子供だから、私は産みたいんですけど……」

彼女の心は不安でいっぱいなのだろう。小さく小刻みに震える手をまるで温めるように、私は彼女の手を握った。

「優しいんですね。ありがとうございます」

「私は、優しくなんか……」

昨日まで彼女の不幸を願っていた人間にその言葉は重かった。私はそんなこと言ってもらえる人間ではない。私は最低な人間なのだ。

「とりあえず、旦那さんに相談してみたらどうですか？　話を聞く限りだと、とても環さん想いの旦那さんだと思いますし……」

何も知らない体《てい》で、そう提案する。彼女は私の言葉に一つ頷いた。

「そうですよね。話してみないと始まりませんよね。……今日、夫が早く帰ってきたら相談してみることにします。金曜日は遅いからいつも通りに寝ちゃいそうですけど、今日は頑張って起きておくことにします。今日じゃないと尻込みしてしまいそうですし……」

そう言って彼女は微笑む。

そのとき、頭上で彼女を診察室に案内する放送がかかった。

◆◇◆

その日の夜、私はあの居酒屋の前にいた。手には大きな花束を抱え、胸には大きな決意を秘めていた。

そう、私は改めて失恋しに来たのだ。

藍色の暖簾をくぐると、いつものように若いバイトの子が元気良く迎えてくれる。小さな居酒屋だ、視線を巡らさなくても彼はすぐに見つけることができた。幸いなことに私たち以外のお客は一人しか入っていなくて、その客も酔い潰れて机に突っ伏していた。これなら、誰かに邪魔されることもないだろう。

私はあらん限りの勇気を振り絞って、彼の前に立つ。

「信吾さんっ！」

その大きな声に、酔い潰れて寝ていた客も飛び起きる。目の前の信吾さんも、大きく目を見開いたまま固まってしまった。

「あの、少しいいですか？　お話があります」

「……何？　えっと、外に出ようか？」

私の様子に彼は今から何が起こるか察知したのだろう。気遣うような微笑みを浮かべて、私と店の外に出ようとする。こんなときまでフラれる私の心配をするなんて、本当に彼は優しくて素敵な男性だ。

「大丈夫です。私の心配はいりませんし、ちゃんと覚悟を決めてきましたから……」

「……そう」

「はい」

私は短く返事をしたあと、肺にめいいっぱいの空気を貯める。そして、自分の気持ちを、今までの想いを、全て乗せられるような声を出した。

「私、信吾さんのことが好きです。友達としてとかじゃなくて、異性として好きです！　大好きです‼」

その魂の叫びのような告白に、彼は短い沈黙を落とす。その沈黙を私は赤い顔をしたままじっと頭を下げて耐えていた。彼は小さく息を吐く。その気配に顔を上げれば、困ったように眉を寄せる彼がいた。それでも、薄く笑みを作ってくれているところが、彼の優しさを表しているようだった。

そして、彼は小さく首を振ると、申し訳なさそうな声を出す。

「気持ちは本当に嬉しいよ。でも、俺は妻のことを愛しているから……ごめんね」

「……はい。わかっています」

告白の返事は決まっていた。私もそれは十二分に理解をしていた。だけど、その言葉は重く、私の胸を締め付ける。

「本当にごめんね」

「大丈夫です。ちゃんとフラれたかっただけですから」

胸の痛みとは裏腹に、顔は笑みを作っていた。きっと『憑《つ》き物が落ちる』とはこういうことを言うのだろう。フラれて良かったなんて初めての感覚だ。これで私は心置きなく環さんを応援できる。

私は顔を上げると、彼に持ってきた花束を彼に差し出した。

「受け取ってください」

「ごめん。そういうのも……」

「違いますっ！　信吾さんにじゃなくて、奥さんにです！　ちゃんと信吾さんからだって言って渡してくださいね！」

「え？」

「花が嫌いな女の人はいないと思います。あと、女の人の『放っておいて』は『構って』と同義なので、覚えておいてください！　それと、私が言うのもあれですが、喧嘩した翌日は早めに帰ってあげてくださいね！　長引かせても良いことないです！」

私は信吾さんに持っていた花束を押し付ける。彼は花束と私を交互に見ながら目を瞬《しばたた》かせていた。

「早く仲直りしてくださいってことですっ！　今日は奢《おご》りますからさっさと家に帰っ

てください！」

「え、でも……」

「でもかかしもないでしょう！　貴方《あなた》が言ったんじゃないですか、『奥さんを愛してる』って、それならそれより優先するべきことは何もないじゃないですか！」

まるで恫喝《どうかつ》するようにそう言うと、彼は数秒固まったあと、おもむろに立ち上がった。そして、掛けてあった鞄を手に取る。

「そうだね、ありがとう」

店を飛び出していった後ろ姿を見送って、私はどっかりと椅子に腰かけた。告白しただけなのに一大プロジェクトを終わらせたような心持ちだ。

私は携帯電話を取り出すと、いつものように【未来予測システム】を立ち上げた。

『彼が奥さんと別れる確率』

『２・５８９％』

その確率を眺めていると、突然画面が滲み出した。輪郭がぼやけて数字化が上手く判別できない。

「かっこよかったよ」

嗄《しゃが》れた渋い店主の声が私のすすり泣く声をかき消した。
私は私が嫌いだ。大っ嫌いだ。
だけど今日は少しだけ、自分のことが好きになれた日だった。

空から
女の子が
降ってくる
確率

彼女に出会うまでの僕の人生は、きっと物語で言うプロローグにすぎなかったんだ。

「今日呼び出された理由はわかっているわよね？」

放課後の職員室、担任の先生は僕に一枚の紙を見せながら嘆息した。先生が持つその紙は、先月の初めに配られた進路調査票だ。しかし、それには僕の名前以外、何も書き込まれていない。

「大翔《ひろと》くん、もう三年生なんだから将来のことちゃんと考えないとダメよ？」

怒るというよりは呆れたような表情で、担任である彼女は僕を窘《たしな》める。僕はその視線から逃れるようにつま先を凝視しながら、弱々しい声を出した。

「いや、でも、まだ先のことだし……」

「先のことじゃないわ。貴方《あなた》、もう高校三年生よ？　そろそろ本気で考えないとダメ！　せめて進学か就職かだけでも決めないと……」

「進学か、就職……」

まるでオウムのように僕は担任の言葉を繰り返す。まるで熱の籠《こ》もらないその声に、目の前の彼女は眉を寄せて小さく唸《うな》った。

「大翔くんには将来の夢とか、やりたいこととか、そういうのはないの？　ないなら、とりあえず進学って手もあるけれど……」

「はぁ」

僕の気のない返事に担任は両眉を上げ、肩を竦《すく》める。そして、僕に進路調査票を手渡すと「とにかく、再提出ね」と、話を切り上げてくれた。

その日の帰り道、僕は再提出になった進路調査票と睨《にら》めっこしながらキツい坂道を下っていた。家に帰るためには、これの倍以上もある長い坂を上らなくてはいけない。高低差のある県《くれ》の地形と五月に入って上がった気温が、確実に僕の体力と気力を奪っていく。夕焼けが僕の背中を押し、僕の前には長い影ができていた。

「将来の夢、か……」

まるで思考が溢《あふ》れるように、僕は思わずそう零《こぼ》す。

実を言うと、将来やりたいことがないわけじゃない。だけどそれは『将来の夢』というにはぴったりだが、『将来の仕事』というにはやや現実味がないものだった。そんな『夢』みたいなこと、親にも相談できないし、進路調査票に書けるはずもない。

たとえば、僕にとてつもない才能や運があって、それこそ漫画や小説、ドラマの主人公みたいにサクセスストーリーを歩める人間ならば、状況は違うのだろう。しかし、僕は平凡で、凡庸《ぼんよう》で、ありふれていて、月並みな人間だ。僕を物語に登場させるのなら、どこにでもいる歩行者A、またはBあたりがせいぜいだろう。

僕は物語の主人公にはなれない。

「空から女の子も降ってこないしね」

別に馬鹿にするつもりはなかったのだが、嘲《あざけ》るような口調でその言葉は口をついて出た。

ボーイ・ミーツ・ガール。

物語の最初はやっぱりそれだろう。少年と少女が出会って、物語が動き出す。代わり映《ば》えのしない日常は、そこから劇的に非日常になっていくのだ。

「そうだ」

僕はポケットから携帯電話を取り出すと、【未来予測システム】を立ち上げた。そして、慣れた手つきである確率を調べ始める。

『空から女の子が降ってくる確率』

その確率を調べることは、僕の唯一の日課であり、代わり映えのしない日常への密《ひそ》かな抵抗だった。

『0・012%』

出てきた数字はいつもとさほど変わらない。どうやら僕が主人公になれる日はまだまだ遠そうだ。……まぁ、本気でなれるとも思っていないけれど……

その1%にも満たない数字を苦々《にがにが》しく思うわけでもなく、受け入れてしまっている辺りが僕の凡人たる所以《ゆえん》のような気がした。

僕はスマホを片手に歩を進める。

すると、小さな電子音が僕の歩調と重なるように鳴り始めた。

『3・965％』

『12・367％』

『31・038％』

突然、上がり出した確率に心臓が跳ねる。どうやら先ほどの電子音は、確率が更新されたときの音らしい。

『49・129％』

『74・467％』

『82・975％』

今まで見たこともない数字に、僕は慌《あわ》てて空を見上げた。しかし、空はいつもと変わらず、ゆったりと雲を流している。とても女の子が降ってくるような空模様とは思えない。まぁ、女の子が降ってきそうな空模様なんていうのは、僕には経験がないので判断が付かないのだけれど……

「なんだ、故障か……」

期待なんかしてなかったはずなのに、どこかがっかりした気持ちで僕はそう呟《つぶや》いた。

確率はなおも上昇し、もうじき90％を上回るところまできている。

晴れ、時々、女の子。

そんなありもしない天気予報が僕の頭を掠《かす》めて、思わず笑ってしまった。

ありえない。ばかげている。

でも……

「本当に降ってきたら面白いのに……」

この呟きまでが僕の人生のプロローグだった。

平凡で、凡庸で、ありふれていて、月並みな僕の日常を、跡形《あとかた》もなく木《こ》っ端《ぱ》微塵《みじん》にした彼女は――

突然、空から降ってきた。


『99・267％』


「そこっ！　どいてっ!!」

「へ？」

上を向いたのが早かったのか、遅かったのか。彼女は僕の上に降ってきた。

唐突に。

僕の背中がボキリとやや不吉《ふきつ》な音を立てて撓《しな》る。コンクリートの地面に頭を強《したた》かに打ち付けて、僕は鼻の頭を軽く擦《こす》った。状況を確かめようと必死で身体を捻《ひね》れば、背中に確かな重みを感じる。

僕の背中の上に落ちてきたのは……、いや、降ってきたのは、僕と変わらない年齢の女の子だった。

最初は外国人かと思った。正確に言うなら、同じ東洋人とは思えなかった。色素の薄い髪が、夕日を浴びてキラキラと輝いているように見える。逆光でよく見えなかったけれど、目鼻立ちもはっきりしていて、一瞬で美人だとわかる顔立ちをしていた。すらりと伸びた手足はモデルのようなのに、着ている服はジャージというアンバランスさ。しかし、その着飾らない様子が美人である彼女を人懐っこく見せていた。彼女を被写体に写真を撮れば、きっとそこら辺のモデルでも敵《かな》わないようなポートレートが出来上がるかもしれない。

しかし、その容姿に見惚れることができたのも、ほんの数秒だった。僕は背中に乗っかっている人の重みに、まるで蛙《かえる》を潰したかのような声を上げる。

彼女は無遠慮に全体重をかけながら、のんきに僕の顔を覗き込んできた。

「ごめんっ！　大丈夫？」

「こらっ！　エリっ！　待ちなさいっ‼　話は終わっていないのよっ！」

彼女の謝る声と頭上の怒声《どせい》が重なる。怒っているのは彼女の母親だろうか。一軒家のベランダから顔を出し、こちらに向かって気炎を上げている。

どうやら彼女はあの二階のベランダから飛び降りたらしい。

「やばっ！　もう気づかれたっ⁉　ってことで、のっぽ君、このお詫びはまた今度でっ！　じゃ！」

頭上の声から逃げるように、彼女は脱兎《だっと》のごとく走り出す。そして、僕が起き上がったときにはもう姿が見えなくなってしまっていた。

「嘘だろ……」

そんな呟きに応える人は誰もいない。

これが僕と白浜《しらはま》エリの出会いであり、僕の物語の始まりだった。

◆◇◆

翌日、あんなことがあったあとなのに、なんの変哲もない平凡な日常は、少しも揺るがず僕を迎えに来た。昨日は終始混乱していた頭も一晩寝ればスッキリとしている。いつものように学校へ行き、授業を受け、友人と談笑する。学校から帰る頃には、昨日の非日常的な出来事など、僕の平和な日常にすっかり塗り潰されてしまっていた。要するに、ほとんど忘れてしまっていたのである。

その忘れていたはずの非日常を思い出したのは、帰りにあの確率を調べているときだった。

『空から女の子が降ってくる確率』

ほとんど手癖のように調べ始めて、ふと、昨日のことを思い出した。そして、もう会うことはないだろう彼女に想いを馳《は》せる。

「あの子、怪我しなかったかな」

クッションになっておいて、元気に走り去った後ろ姿を見送っておいて、僕はそんな心配をする。むしろ、怪我をしたのは僕のほうだろう。昨日擦《す》りむいた鼻の頭は今でもジンジンと痛むし、背中だって曲げるのが辛い。僕は赤くなっている鼻の頭を撫でながら苦笑を漏らした。

そのとき、確率の演算が終わったことを知らせる短い電子音が僕の耳朶に届く。僕は携帯電話に視線を落として……

そして、画面を二度見した。

『95・472％』

「はぁ⁉」

二度目になる90％以上の確率に、僕は慌てて空を仰《あお》ぐ。するとその直後、僕の目の前に人影が降ってきた。

「やあ！　昨日ぶり！」

着地に失敗して、尻餅《しりもち》をつきながらへらりと笑ったのは、昨日僕の上に降ってきた彼女だった。

あの整った顔を、色素の薄い髪の毛を、すらりと伸びた手足を、見間違えるはずがない。見上げれば、学校を囲っているフェンスがぎしぎしと揺れていた。どうやら彼女はフェンスを越えて学校に侵入してきたらしい。

改めて見た彼女はやはり外国人のようだった。しかし、その外見とは裏腹に、彼女は流暢《りゅうちょう》な日本語で僕に話しかけてくる。

「女の子が尻餅ついていたら手を貸してくれるのが、紳士的な男の子じゃないかな？」

「………………」

その口から出てきた言葉が意外だったというか、斜め上というか、図々しいというか……そんな感じで、僕は知らず知らずのうちに無言で眉を寄せてしまっていた。

いつまで経っても手を貸そうとはしない僕にしびれを切らしたのか、彼女は自分で立ち上がり洋服についた土を落とす。「せっかく会いに来たのに、この仕打ちはひどくない？」なんて文句を言いながら。

僕は彼女のその言葉に首を捻る。

「……会いに来た？　僕に？」

「そうそう！　昨日、お詫びするって言ったでしょ？」

「お詫び？」

「うん。昨日、のっぽ君の上に落ちちゃったから、そのお詫び！　……っていうか、学年も、クラスも、名前も、なぁんにも教えてくれないから、探すの手間取っちゃったよー」

彼女は機嫌良く笑いながらそう言う。『のっぽ君』というのは、僕の無駄に高い身長から来た呼び名だろう。190cmに届きそうな僕の身長は、まぁ確かに『のっぽ君』だ。別にスポーツができるわけでも、モテるわけでもないから、僕は完全に持て余している特徴なのだけれども。

「僕に会いに来たのはわかったけど、なんで僕がこの学校だってわかったの？」

「だって学校一緒じゃん！　制服一緒だし！」

そういう彼女は制服ではなく私服だ。昨日はジャージだったが、今日はTシャツとショートパンツという、動きやすさを重視した服装である。ショートパンツから伸びた長い足が、なんというか……目に毒だ。

この時間に私服ということは、彼女は学校を休んでいたのだろう。様子からして病欠ということはあり得ないだろうから、サボりだろうか。そう考えれば、彼女が校門を通らずにフェンスを乗り越えてきた理由も説明がつく。今日は校門のところに先生が立っていた。

「それじゃ、行こうか！」

「え？　どこに？」

ひたすら明るい声に僕はたじろぐ。しかし、彼女はそんな様子など関係ないかというように僕の腕を引く。

「だから、お詫びだって言ってるでしょ？」

花が咲くように笑う彼女に付き合わされて、僕は初めて、校門ではなくフェンスを越えて学校をあとにしたのだった。

◆◇◆

それから十数分後、僕と彼女は高校近くのファミレスで向かい合っていた。僕の前には一杯の珈琲、彼女の前にはチョコレートケーキとサンデーが並んでいる。彼女はサンデーの上に載っている生クリームを口に運びながら、幸せそうに目尻を下げていた。

確かに「お詫びになんでも頼んでね」と言われて珈琲しか頼まなかったのは僕だし、別に彼女が何を食べていても文句を言う気はないけれど、なんだかこれは、この状況は、『お詫び』というよりは『付き合わされた』ような気がしてならない。

「のっぽ君は本当に珈琲だけで良かったの？　千円ぐらいまでなら、何頼んでも良かったのにー」

「僕はこれで大丈夫。というか『のっぽ君』って、恥ずかしいからやめてほしいんだけど……」

「そう？　じゃぁ、自己紹介してよ。私、のっぽ君のこと何も知らないからさ！」

ニコニコと笑いながらスプーンを向けられて、僕は一つ溜息をついた。再会してかこれまで、なんだか常に彼女のペースだ。別に嫌というわけではないけれど、なんだか妙に納得がいかない。

それでも自己紹介を断る理由は思いつかなくて、僕は素直に自分の名前を口にした。

「相良《さがら》大翔」

「ヒロト君、か。良い名前だねー。っていうか、自己紹介それだけ？　生年月日は？その前に、学年とクラスも教えてよ！」

「別に教えるのは構わないけれど、その前に君も名乗ったら？　同じ学校みたいだけど、僕は君のこと知らないからさ」

なんの気なしに自己紹介を促《うなが》せば、彼女はにやりと笑って身を乗り出してくる。

「もしかして、私に興味津々《しんしん》？　いやー。モテる女は辛いなぁ」

「………………」

呆《あき》れて物が言えないというのは、こういうことをいうのだろう。薄々感づいてはいたが、彼女はどうやらめんどくさい性格のようだ。

僕がずっと黙っていたからか、彼女は僕の目を見たまま、不思議そうに首を傾《かし》げる。

「あれ？　冗談のつもりだったのに、本当で私に惚《ほ》れちゃった？」

「……そんなことあるわけないだろ。僕が黙っていたのは単純に呆れていただけだから。勘違いしないで」

一オクターブ低くなった声でそう言えば、彼女は不満げに唇を尖《とが》らせた。

「もー、冗談が通じないんだからー」

「僕のことは、『冗談の通じないつまらない男』って評価で構わないよ」

僕は珈琲を一口飲む。別に彼女の名前を知らないままでも、彼女が僕のことをどう評価していても関係ない。どうせこの珈琲を飲み終われば、僕と彼女の縁は切れてしまうのだ。そう思えば、なんとなく目の前の黒い液体を飲み干すのが惜しい気持ちになる。しかし、彼女はそんな僕の心中《しんちゅう》を推《お》し量《はか》ることなく、にっこりと満面の笑みを浮かべた。

「白浜エリ、三年Aクラス。得意科目は数学と物理と英語、基本的に理数系はなんでも得意だよ。苦手科目はなし！　好きな食べ物は甘い物全般。嫌いな食べ物は野菜全般。理想の男性のタイプは年上で包容力がある人。座右《ざゆう》の銘《めい》は『人生一度きり』！えっと……他に何か聞きたいことがある？」

「……いや……」

突然始まった自己紹介に僕が面食らっていると、彼女は急に不機嫌になった。さっきまではニコニコと笑みを浮かべていたのに、まるで百面相だ。

「いやいや、ヒロト君はもっと私に興味持とうよ！」

「君は僕に興味を持ってほしいの？」

「そりゃ、せっかく出会ったんだから仲良くなりたいに決まってるでしょ！」

社交的なその笑みは、まるで太陽のようだと思った。日陰の民である僕には少々眩《まぶ》しすぎるかもしれないけれど、見ていて気持ちいいものではある。

でも、そうか、彼女はAクラスなのか。僕は彼女の自己紹介を聞いて一つ納得した。うちの高校はクラスがA～Hクラスまで存在していて、それぞれ成績順にクラス分けがしてある。特にAクラスとBクラスは特別進学クラスとしてカリキュラム自体が他のクラスと異なっているのだ。同じ高校にもかかわらず、こんなに特徴的な彼女のことを僕が全く覚えていなかったのはそういう理由があったのか。そりゃ、AクラスとHクラスでは接点という接点がほとんど存在しない。まぁ、もしかしたら見かけたことぐらいはあるのかもしれないが……

彼女は思案に暮れる僕をむくれながら見守っている。なんだ？　そんなに興味がなさそうにしていたのが気に入らなかったのだろうか？

僕は仕方ないと一つ溜息をつき、彼女に質問をぶつけてみることにした。

「じゃ、一つ質問。今日はなんで学校を休んだの？　見た感じ病気ってわけじゃないよね？　君の性格からいって不登校って感じでもなさそうだし……」

「あ、それ？　私、ここ一週間ストライキしているの！　ただいま抗議中、って感じ？」

今度は怒りを露《あら》わにして彼女は口をへの字に曲げる。なんというか、コロコロと変わるその表情は見ていて飽きない。

「抗議って、学校に対して？」

「おかーさんに対して！」

「……それは、なんだかすごいね……」

親子喧嘩で一週間学校を休むというのは、僕には考えられないことだった。僕なんかが一週間も学校を休んだら、きっと勉強について行けなくなるだろう。僕らが通っているのは、そこそこ偏差値が高い高校だ。確かに親からしてみれば子供が学校に行かないというのは困った事態なのだから抗議にもなるだろうけれど、僕にはどう頑張ってもその決断はできない。

「ちょっと、愚痴聞いてくれる⁉」

母親に対してよほど鬱憤《うつぷん》が溜まっているのか、彼女は机を叩きながら身を乗り出してくる。食器同士がぶつかり合う音が耳を劈《つんざ》いて、僕は驚きで身体を跳ねさせた。その瞬間、持っていたカップから珈琲が零れる。

「わっ！」

「あ、ごめんっ‼」

どこに持っていたのか、彼女は素早くハンカチを取り出して、僕のシャツにそれを押し当てた。叩くようにして珈琲を拭《ぬぐ》ってくれるのが、なんだがちょっと気恥ずかしい。……というか、近い。

「大丈夫、自分でやるから」

「でも……」

「それに、これは君のせいじゃなくて僕の不注意だし」

彼女の手からハンカチを受け取り、僕は自分のシャツを拭う。幸いなことに珈琲はもう冷めていて、火傷《やけど》なんてことにはならなかったけれど、彼女はそれでも申し訳なさそうに何度も謝ってくれた。僕が驚いて零しただけだから、そんなに謝らなくてもいいのに。

そうして、『お詫びの会』はそのままお開きになった。シャツを汚してしまったことを最後まで気にしていた彼女だったが、シャツもシミにはならなかったし、前回とは違い次を約束していないから、僕たちの関係はこれで終わりになるだろう。

「面白い子だったな」

帰り道、一番星が瞬《またた》く空を見上げながら、僕はそう零した。めんどくさくて、天真爛漫で、百面相な彼女は、僕の人生に今まで現れなかった種類の人間だ。きっと彼女のような人間が物語の主人公になり得るのだろう。

彼女のハンカチをそのまま持って帰ってしまったことに気づいたのは、それから数時間後のことだった。

◆◇◆

翌日、僕は洗濯済みのハンカチを手に、彼女の家の前を行ったり来たりしていた。返さなくては……と思うのだが、玄関のインターフォンを押す勇気がどうしても出ない。というか、先日名前を知ったばかりの異性の家を、恥ずかしげもなく訪れることができる人間なんて、どのくらいいるのだろうか。きっとそんなのは、自分に自信のある一握りの人間ぐらいなものだろう。

土曜日の朝ということで、住宅街の人通りは少なく、僕がうろうろしていることを気に留める人は誰もいない。これなら不審者として通報されることはなさそうだ。それでも、早く事を済ませるに越したことはないと、僕は焦ったようにその家を見上げた。そして、ふと前に彼女が飛び降りただろうベランダが目についた。

「どうせなら、今日も飛び降りてきたらいいのに……」

それなら、飛び降りてきた彼女にハンカチを返して一件落着というものだ。しかし、そんなときに限って、彼女は飛び降りてこない。

「あ、ポストって手もあるな」

玄関の隣にあるポストを見つけてそう呟いた直後、急にベランダのほうで小さな物音がした。

僕は慌ててその方向に顔を向ける。すると、予感通りに彼女がそこにいた。ベランダの手すりに手をかけて、身体を外に投げたような状態で……

「あぶ……っ！」

思わず上がりそうになった声を制したのは、他でもない彼女だった。彼女はにやついた顔で、人差し指を口元に当てている。楽しそうにしている彼女とは裏腹に、それを見ている僕は更にハラハラした。彼女の身体を支えているのは右手一本だけなのだ。ベランダの壁に足をついてはいるが、それは身体を安定させるためであって、支えるのにはなんの助けにもなっていないだろう。

『い・く・よ』

口パクでそう告げられて、僕はこれでもかというぐらいに狼狽《うろた》えた。どうしたらいいのかわからない。右往左往《うおうさおう》した結果、僕はおもむろに両手を広げた。『来るなら来い』『もう、どうにでもなれ』といった感じの心境である。受け止められるかどうかは正直自信がないが、何もしないまま目の前で怪我をされるのは嫌だった。

彼女はそんな僕を見下ろしてひとしきり可笑《おか》しそうに声を抑《おさ》えて笑ったあと、両手で手すりを持ち、思いっきり壁を蹴り上げた。

彼女の身体が宙を舞う。

そして、僕の数歩先に彼女は見事着地した。十点満点の着地である。僕はそんな彼女の華麗な着地を、両手を広げたまま無様《ぶざま》に見ていただけだった。

彼女はゆっくり僕のほうを振り返る。そして、何もできなかった僕に向かって、嬉しそうに顔を綻《ほころ》ばせた。

「ありがと」

その直後、彼女の母親と思われる怒声《どせい》が耳を劈いた。

◆◇◆

「確かに、鉄のクジラって感じだよねー」

彼女の母親から逃げてきた僕らは、大きな潜水艦を見上げていた。本来、海の中にあるはずのそれを『見上げる』なんておかしな話かもしれないが、実際に見上げているのだから仕方ない。

広島県呉市にある海上自衛隊呉史料館には、模型ではなく、実際に使われていた本物の潜水艦が展示してある。愛称は『てつのくじら館』。黒と赤の二色で塗られているその大きなクジラは、大きいという言葉では足りないぐらいに圧巻だ。

僕らはその史料館に入るわけではなく、辺りをただのんびりと歩く。県外や市外から来た人には珍しいのかもしれないが、僕らにとってはそんなに珍しい場所でもない。その史料館は学校からも駅からもそう遠くない場所にあるのだ。

「これに乗ったら、アメリカまでなんてすぐにい行けちゃいそうだよね」

「潜水艦でアメリカって……。そりゃ行けるだろうけど、なんだかすごく物騒な話だね」

「えー、物騒かなー？」

「物騒だよ」

「そーかなー」

彼女にかかれば潜水艦も自家用車感覚である。まったくもって、本当に大物だ。

彼女は眩しそうに潜水艦を見上げる。一瞬、潜水艦に何か憧れのようなものを持っているのかとも思ったが、それはなんとなく違う気がした。彼女が憧れているのは潜水艦ではなく、むしろ……

「もしかしてさ、君はアメリカに行きたいの？　だからお母さんと喧嘩してる、とか？」

「え？」

鳩《はと》が豆鉄砲を食らったような顔とでもいうのだろうか。彼女は目を見開いたまま固まり、そしてその呆《ほう》けた顔のまま一つ頷《うなず》いた。

「すごいね。なんでわかったの？」

「なんでって、君が『アメリカに行けちゃいそう』って言ったんじゃないか」

「そうだけど……」

数秒考えるように固まったあと、彼女はくしゃりと顔を潰すようにして破顔《はがん》した。

「君ってすごいね。なんだか見透《みす》かされた気分だよ」

そうして、彼女は自身の話を聞かせてくれた。身の上話といえばそうなのかもしれないが、彼女の語りが思った以上に軽かったので、雑談となんら変わらない雰囲気である。

僕らは施設を囲う黒い鉄柵に身体を預けるようにして、互いに顔を見合わせず会話をする。

「気づいているかもしれないけどさ、私ってハーフなんだよね。半分日本人で、半分アメリカ人……多分だけど」

「多分？」

「私、父親に会ったことがなくて、だから『多分』」

その言い方に僕は一瞬どう言っていいのか迷って、そして気遣《きづか》うようにゆっくりと言葉を紡《つむ》いだ。

「その……離婚とかしたの？　それで、君はお父さんに会いたくて……？」

「あははは、違う、違う！　確かにアメリカに行きたいのは父親に会いたいからだけど、そういう重たい話じゃないんだって！　父親って言っても生物学上の親ってだけで認知もしてもらってないし、その人だって私みたいな娘がいるって知らないんじゃないかなー」

終始にこやかに彼女は話を進める。その表情は無理している感じには見えない。

「精子バンクってやつ？　お母さん、男はいらないけど子供が欲しいからって、アメリカ人の精子提供を受けたんだって」

精子バンクというのはその名の通り、子供が欲しい女性、または夫婦に保存してある精子を提供する施設や機関のことだ。

ということは、彼女はその精子提供者に会いたいということだろうか。彼女の様子からして、その精子提供者、もといい生物学上の父親に情があるようには見えないけれど、それで母親が父親に嫉妬《しっと》して会うことを反対しているというのはありそうな話である。

「違う、違う！　お母さんは別に父親に会わせたくないとかじゃないんだよ。私も別に父親にお父さん役をさせたいわけじゃないし！　単に自分のルーツに興味があるだけなんだよね」

「じゃぁ、なんで揉《も》めてるの？」

「それは、私が高校を休学してアメリカに行きたいって言ったから、かな？」

「休学……」

確かにそれは喧嘩になる。

子供がいきなり高校を休学してアメリカに行くなんて言い出したら、揉めないほうがおかしいというものだ。子供のいない、むしろ自分が子供である僕でさえも、そんなことは考えなくてもわかる。

「高校を卒業してからじゃだめなの？　それならお母さんだって許してくれるんじゃないかな……」

「それはそうかもしれないけどさ。でも、もしかしたら私、明日には死んじゃうかもしれないじゃん！　やりたいことをやれずに死んじゃうなんて、絶対嫌だなって思って……」

彼女はいつもよりずっと真剣な顔でそう語る。

「死ぬって、……そんな予定でもあるの？」

「ないよ。でもさ、この前大きな事故があったでしょ？　交差点にダンプカー突っ込んだやつ」

そう言われてすぐに思い至った。先月の初めにあったやつだ。あれは沢山の死傷者を出した、痛ましい事故だった。

「あの事故が起こるまでは、私も卒業してから父親に会いに行けばいいと思ってたんだよね。実際にそういう計画も立ててたし。でも、明日の保証はどこにもないんだって思ったら、じっとしてられなくなっちゃって……」

遠くを見つめながら彼女は語る。確かに、命なんていつどこでなくなってもおかしくないのだ。僕らが目を逸《そ》らしているだけで、その危険はずっと近くにある。

「それに、私こう見えても頭いいんだよね。お母さんがＩＱの高い人を父親に選んだからかもしれないんだけど、勉強も嫌いじゃないし。高校で教えてもらうことぐらいなら、独学で勉強終わらせてるしさ」

「なんか、すごいね……」

高校の勉強についていくのがやっとという僕からしてみれば、うらやましい限りだ。そういう状況なら、彼女が抗議として学校に行かないのもわかる気がする。

「だから、私はこのまま高校に行くより、アメリカに行って父親に会ってみたい。……実は父親がしている仕事にも興味があってさ。娘だって言ったら、コネで手伝わせてくれないかなー、とかも考えてるんだ。ま、専門的なことだから無理だろうけどね。……それで、将来はその研究を手伝っていきたいって思ってる」

「そう……なんだ」

未来を語る彼女の瞳に、僕はなぜか息を詰まらせた。胸がよくわからない感情で満たされて、今にも爆発しそうだ。

彼女は僕と同じ年齢で、はっきりとした夢を持っている。しかも、それを臆することなく母親に言って、立派に喧嘩をしているのだ。それは僕ができないことであり、したいことでもあった。彼女は僕にないものを全て持っている。

羨望《せんぼう》と憧れ。

胸を満たす感情に名前をつけるのなら、その二つだろう。

「ヒロト君は夢とかないの？」

黙り込んでしまった僕に、彼女はそう聞いてくる。僕は何度か口を開いては閉じるというような動作を繰り返したあと、ややあって首を横に振った。

僕の夢は本当に『夢』だ。彼女のように具体的に考えているわけじゃない。ただ、それが好きで、将来仕事に就《つ》くならそれがいいぐらいにしか思っていない。彼女の夢の隣に並ばせるのには、僕の『夢』はぼんやりとしすぎていている。並んでも、比べても、恥ずかしいだけだ。

彼女はそんな僕を横目で見たあと、満面の笑みを向けた。

「ヒロト君って、写真家とか向いてそう!」

「え?」

肩が跳ねる。弾かれるように彼女のほうを向くと、色素の薄い綺麗な瞳と目が合った。

「お母さんの叔父《おじ》さんがカメラとかよくする人でね。その人が言ってたんだよ。『被写体の本当の姿をカメラに収められるやつが、良い写真家なんだ! 被写体を見透かす力が写真家には一番大切なんだ!』ってね。……私、さっき見透かされたような気分になっちゃったからさ」

「……僕は……」

「あら、大翔じゃない。そんなところで何してるの?」

僕の台詞をかき消すように、その声ははっきりと耳朶に届いた。聞き慣れたその声の主は振り返らずともわかる。

「母さんっ⁉」

あまりにも唐突な登場に、僕の声はひっくり返った。手に買い物袋が掛かっている様子からして、どうやら母さんはてつのくじら館の隣にあるスーパーで買い物をしていたらしい。母さんは首を傾げながら、のんびりとした声を出す。

「朝早くから出て行ったと思ったら、こんなところで何してるの？」

「……それは……」

僕はすかさず背中で彼女を隠した。やましいことは何もないが、休日の昼間に女の子と二人っきりというのは、どうにも勘違いされやすい状況だ。しかし、母さんはいつものおっとりとした動きで僕の後ろを半ば強引に覗き見ると、「あら！」と嬉しそうに声を上げた。

「大翔、そちらのお嬢さんは？　もしかして……」

「違う！　母さんが思っているような関係じゃないから、勘違いしないで！」

「こんにちは！　ヒロト君とはいいお付き合いをさせてもらっていますー！」

まるで僕の言葉を否定するかのようにそう言って、彼女が僕の背中からひょっこり顔を覗かせる。そのニヤニヤとした顔は、確実にこの状況を面白がっていた。

「あらあら！」

「ちょ、誤解を生むような発言、やめてくれる⁉」

必死で彼女を止めようとするが、どうにも母親と気が合ったらしく、二人は僕そっちのけで会話を進めていく。

「ちょうど良かった！　さっき真宙《まひろ》がお友達の家でご飯食べて帰るって言って、急にお昼ご飯が一人分余っちゃったのよ！　あ、真宙っていうのは大翔の妹なんだけどね」

　母さんの言葉に彼女は嬉しそうに反応する。

「ヒロト君、妹さんいたんですね！」

「ふふふ、こんなに頼りなさそうでも一応『お兄ちゃん』なのよ。……それで、もし良かったらお昼ご飯一緒にどうかしら？」

「待って！　何誘ってるの⁉」

　母さんの言葉に思わず声が裏返る。しかし、二人はそんな僕の様子なんて少しも気に留めてくれない。

「えー、いいんですかー？」

「いいのよー」

「じゃ、いただきます！」

「ちょっと！」

　完全に置いてけぼりである。

　こうして、僕らはなぜか一緒に昼食を取ることになった。

◆◇◆

その日の昼食はなんだかいつもより豪華だった。完全に勘違いした母さんと、その勘違いに悪ノリした彼女の会話を聞きながら、僕はげんなりとした気持ちで食事を口に運ぶ。

というか、僕は彼女の家のインターフォンさえも押せなかったのに、彼女は堂々と僕の家で食事をするのだから、感心を通り越して呆れてしまうというものだ。

しかし、そんな奇妙な食事会も一時間ほどで終わり、あとは彼女を送って帰るだけとなって、その事件は起こった。

「あれ？　あの子は？」

僕がトイレから帰ってくると、彼女の姿が見当たらない。洗い物をしていた母親に彼女の居場所を聞けば、とんでもない答えが返ってきた。

「エリちゃん？　あぁ、大翔の部屋が見たいって言うから、案内しといたわよ」

「はぁ⁉」

僕は急いで階段を駆け上がり、自分の部屋に飛び込んだ。

「あ、きたきたー」

間延びした声で彼女は僕を迎えた。ベッドに座りながら、まるで僕が駆け込んでくるのがわかっていたかのような表情を浮かべている。

僕は肩で息をしながら目の前の彼女をじっとりと睨みつけた。

「ちょっと、人の部屋で何してるの……」

「え？　思春期の男の子が大好きな、裸の女の子がいっぱい載った本探し？」

「ほんとやめて！」

「あ、やっぱり持ってるんだ！」

「持ってないし、持っていても言うわけないだろ！」

そう吠《ほ》えれば、彼女は嬉しそうにクスクスと笑った。人をおちょくるのが本当に上手い。

「あとさ、これってカメラだよね？　一眼レフってやつ？」

「……そうだけど……」

彼女が指したのは、机の上の一眼レフカメラだった。隣にはお気に入りのレンズが数本並んでいる。それらは夏休みにバイトしたりして、こつこつと集めたものだった。

「かっこいいねー。カメラ好きなんだ？　もしかして、本当に写真家になりたいとか？」

その言葉に僕はわかりやすく身体を跳ねさせて、そして視線を逸らした。

「うん。……まぁ」

そう、僕の夢は写真家だ。

今よりもっと親戚の集まりが多かった幼い頃。僕はある日、親戚の叔父さんから中古の一眼レフカメラを貰った。最初は黒くてがっしりしていて、かっこいいカメラの見た目に惚れた。次にファインダーから覗いた世界に夢中になった。

叔父さんからしてみれば、手元に置いておいてもしょうがない物を譲渡《じょうと》という形で処分しただけなのかもしれないが、僕はあのときからカメラの虜《とりこ》になってしまったのだ。

それからのお小遣いは新しいカメラ買うためにほとんど貯金にまわしたし、高校に入ってからの夏休みは、レンズを買い足すためにバイトに明け暮れた。そんな僕の趣味を家族はもちろん知っている。しかし、それが『夢』にまで大きくなっていることを僕は言えていなかったのだ。

僕の返事に何か感じ取ったのか、彼女はそれ以上追及してこない。その代わりに僕にカメラを押しつけて、ニヤリと笑ってみせた。

「ねぇ、良かったら私のこと撮ってみない？　被写体としては悪くないと思うんだけど、どうかな？」

「……被写体としては悪くないとか、普通自分で言う？」

そう言いながらも僕はレンズを単焦点のものに替え、ファインダーを覗いた。ファインダー越しの彼女はなんだかいつもより輝いている気がする。鏡に映った彼女を見ているだけなのに、なんだかとても新鮮だ。

「人を撮るときってレンズ替えるんだ？」

「まぁね。これは単焦点レンズっていうやつ。ポートレートは望遠なんかでも綺麗に撮れるけど、ここでは距離が足りないし暗くなりそうだから。背景を写すなら単焦点で広角がついているやつとか使うけど、背景って僕の部屋だしね」

「え、ちょっと待って。望遠って遠くのものを撮るときに使うやつでしょ？」

彼女の驚いた声に、僕は構図を決めながら苦笑を漏らす。

「そうだよ。遠くのものを撮るときにも使うけど、人を撮るときにも使うんだ。画角が狭くて背景をシンプルにできるから、人物がより引き立つんだよね。中望遠とかは結構使いやすいよ」

「……なんかよくわかんない……」

「だろうね」

カメラを触ったことがない人に対して、レンズなんてほとんど同じに見えるだろう。

僕だって初めてカメラを手にしたとき、こんなにレンズの種類があるなんて思わなかった。

僕は彼女と会話をしながら構図を決めていく。窓から入った光が彼女の全身を縁取《ふちど》って、それが神秘的に彼女を演出する。色素が薄い彼女は端から光に溶けていきそうだった。

「撮るときは言ってね。ピースにするか、それとも他のポーズにするか悩んでるから！」

「じゃぁ、言わない」

「え？」

その瞬間、シャッターを押した。驚く前の自然な表情が切り取られる。ファインダー越しの彼女は、控えめに言って、とても綺麗だった。

「うん。ヒロト君ってやっぱり写真家の才能があるよ」

液晶モニターを覗きながら彼女は笑う。僕は彼女の世辞《せじ》に「……被写体が良かったんだよ」とだけ返した。「そうでしょ？」と笑う彼女の視線がなんだかこそばゆい。

「……ねぇ、これからも撮ってもいい？」

勇気を振り絞りながらそう聞けば、彼女はいつも通りににこやかに笑った。

「可愛く撮ってくれなきゃ承知しないからね」

その答えに僕は苦笑いを浮かべながら首肯《しゅこう》した。

それから、僕らは頻繁《ひんぱん》に会うようになった。彼女はまだ母親と折り合いがつかないらしく、喧嘩をしては度々ベランダから降ってくる。だから僕は彼女が降ってくるタイミングを知るために、彼女の家の前で『空から女の子が降ってくる確率』を調べるのが放課後の日課になっていた。もはや彼女に会うためだけにその確率を調べているような感じである。

そんなふうにして会っても、僕らは特別何かするわけではない。彼女のハイテンションな会話に付き合ったり、どうしようもない愚痴《ぐち》に頷いたりするだけだ。休日には、彼女の買い物に付き合ったり、彼女を被写体に何度か写真を撮ったりもした。

僕は彼女の写真を撮る度に、写真家になりたいという夢を膨《ふく》らませていく。楽しいという感情だけが原動力で、本当にやっていけるかどうかもわからない。無理かもしれないし、食べていけるようになるまで何年、何十年とかかるかもしれない。けれど、気がついたらその気持ちはもう手放せないところまで来ていた。

写真家になりたい。

だけど、親にそんなことを言う勇気も、進路調査票にそんな夢を書く気概《きがい》も、まだ僕の心には芽吹《めぶ》いていなかった。

あと一歩、何かが足りない。何かが、誰かが背中を押してくれたら……

そう思うこと自体が甘えなのかもしれないけれど、僕は平凡な自分から抜け出す方法を探すようになっていた。

そうしてそのまま三週間が過ぎたある日の放課後、僕はいつものように彼女の家の前で確率を調べていた。

『空から女の子が降ってくる確率』
『86・937％』

「……そろそろかな？」

僕は空を見上げる。すると、予想通りに彼女がベランダからこちらを見下ろしていた。その表情はなんだが浮かない。

いつものように華麗に飛び降りてきた彼女は、無言で僕の手を引いた。冷え切ったその手に、強《こわ》ばった表情に、僕は少しだけ不安になる。

いつかの日と同じように鉄のクジラの前まで来た僕らは、互いに何も合図することなく歩調を緩《ゆる》めた。

「大丈夫？」

彼女が手を離したタイミングで、僕はそう聞いた。彼女は一瞬顔を上げると、泣き出しそうな表情になり、そして涙を堪《こら》えるようにしてから無理矢理笑みを浮かべた。

「……家出して来ちゃった」

小さなトートバッグを掲げ、彼女はまた泣きそうな表情になった。

◆◇◆

「さぁ、ゆっくりしてってね。あと、お母さんも心配しているだろうから、連絡先とかわかるなら教えてくれる？　あ、大丈夫よ。今日一晩は迎えに来ないでくださいってちゃんと言っておくから！」

「あ、はい。ありがとうございます……」

「ねぇねぇ、おねぇちゃんってお兄ちゃんの恋人？」

「真宙、違うって言ってるだろ！」

僕が彼女を家に連れて帰ると、家族は思った以上に快く迎えてくれた。母親と妹なんかはむしろ喜んでいるような感じである。父親も柔和《にゅうわ》な表情で「ようこそ」と彼女を迎えてくれた。

彼女は前回とは違い、借りてきた猫のように萎縮《いしゅく》してしまっていたけれど、母親や妹と話しているうちに元気になったようだった。

「助けられちゃったね。ありがと……」

食事もお風呂も済ませて、あとは寝るだけになった二十二時、庭で涼んでいた僕にの傍《そば》に立った彼女は、そうお礼を言った。

「僕は何もしてないよ。それより、母さんや妹が煩くてごめん」

「ううん、良い家族だね。お父さんがいる家庭ってこんな感じなんだって、疑似《ぎじ》体験した気分。ヒロト君ってお父さん似なんだね？」

「……そうなのかな？　自分ではよくわかんないや」

「目元なんか、そっくりだよ」

いつもより静かな彼女の様子に僕は黙った。なんと言っていいのかわからないのもあったし、彼女が本当に言いたいことはそんなことではない気がしたからだ。彼女の気持ちを引き出す言葉を僕は知らない。だから、彼女の言葉を待つために僕は黙った。

彼女はその場にしゃがみ込むと、庭の草をいじり始める。

「やっぱり、お母さんの言う通りに卒業まで待ったほうがいいのかな？」

「待つの？」

「待ちたくないけど、なんだかそのほうが正しいって感じで言いくるめられちゃって

「……」

「それで、家出？」

彼女は苦笑いで一つ頷いた。いつもより小さく見えるその背中は、なんだかとても頼りない。

「……なんだか、らしくないね……」

「らしくないって？」

「君はなんていうか、自分のやりたいことに一直線な人間なんだと思ってた。人がなんて言おうが関係ないって感じで……」

彼女は僕と正反対な人間だと思っていた。自分に自信があって、実力も才能もあって、背筋がしゃんと伸びた人間なのだと。だけど今の彼女は、僕と変わらない年相応の女の子に見える。

彼女は僕のその言葉に苦笑いを浮かべて、首を振った。

「私だって、迷うし、反対されたらへこむよ。けど、一度きりの人生に後悔しないような選択肢を選ぼうとしているだけ」

「じゃぁ、もう一度お母さんと話し合いなよ。今度は逃げないでさ」

あとから考えれば、あのときの僕はなんて身勝手で自分本意な言葉を投げかけたのだろうと思う。自分にはできないことでも彼女ならできると思い込んでいて、僕は憧れを彼女に押しつけていた。自分のことを完全に棚《たな》に上げていた。

僕が主人公になれない世界でも、彼女なら物語を動かせられるのではないかと、どこかそう思い込んでしまっていた。

そんな僕の腹の底が透けて見えたのだろう。彼女は僕の言葉に、身体を強ばらせ、声を荒げた。

「私だって逃げたくて逃げてるんじゃないよ！　ヒロト君だって、家族に将来のこと言えてないじゃんっ！　人のことばっかり言わないでよ！」

その声に僕は驚いたけれど、内容があまりにもまっとうすぎて、怒りも反発も抱《いだ》かなかった。けれど『確かにそうだな』と思う一方で、彼女がこのまま折れてしまうのが嫌だとも思った。折れるにしたって、彼女が納得できる形じゃないとダメだと……

「じゃあさ、僕が両親に将来のことちゃんと言えたら君も諦めないでくれる？」

「え？」

「僕は相談するだけだし、フェアじゃないかもしれないけど……」

まったくもって対等な交渉じゃない。僕も頑張るから君も頑張れなんて、それは僕のほうが努力する度合いが強いからこそ言える言葉だ。彼女が僕に言うならともかく、僕が彼女に言うなんておこがましすぎる。

「ヒロト君？」

「君がやりたいと思うことがあるなら、僕は諦めないでほしいと思うし、背中を押したいって思う」

そこまで言ってから、僕は首を横に振った。

「……いや、違うかも。僕はなんでもいいから両親にこのことを言う理由が欲しかったのかもしれない。……だからさ、今だけは君のことを理由にさせて……」

僕はそう言って、彼女の手を引いた。手を引かれることはあっても、引くことは初めてかもしれない。彼女は呆けた表情で、それでも抵抗することなく僕についてきてくれた。


僕はリビングで晩酌《ばんしゃく》しているだろう両親を思う。

彼らは僕が今から言う言葉をどう受け止めるだろう。母さんは進学してほしそうだったから反対するかもしれない。父さんは、……どうだろう。案外わかって応援してくれるかもしれないし、保守的な母さんと一緒に反対するかもしれない。

不安な気持ちはもちろんあったけれど、僕はどこか高揚《こうよう》した気分でいた。これでやっとスタートラインに立てる。そう思えたからかもしれない。

「ヒロト君が頑張るんなら、私も頑張らないといけないいか……」

彼女は微笑みながら僕の手をしっかりと握り返してくれた。その顔は困っているような、笑っているような、複雑な表情だったけれど、一つ頷いてくれたその動作だけで十二分に勇気を貰うことができた。二つの体温がまじり合って、じんわりと胸が温かくなってくる。

リビングに入ると、予想通りに晩酌をしている両親がいた。僕はあらん限りの勇気を振り絞る。

「あのさ、話があるんだけど……」

そのあと、何をどうやって説明したのか、正直覚えていない。

母さんはやはり反対していたし、父さんも困ったように眉を寄せていたことだけは覚えている。彼女だけはずっと手を握ったまま、僕を応援してくれていた。

結局、「また話し合いましょう」なんて言葉で次に持ち越されることになった僕の将来の話だけれど、僕はその結果以上に満たされた気持ちになっていた。まだスタートラインにも立てていないけれど、一歩を踏み出しただけだけれど、その一歩は僕の十七年を軽く飛び越えてしまうほどの一歩だった。

翌朝、彼女は短く別れの挨拶をして僕の家から出て行った。

「約束だから、私も頑張らないとね」

そんな一言と満面の笑みを僕に残して……

『空から女の子が降ってくる確率』

『0・011%』

◆◇◆

あの日から確率はこんな感じだ。彼女はもう二週間も僕の前に降ってきていない。

いつも彼女が飛び降りていたベランダの真下でも、たまに越えてきていた学校の金網の近くでも、確率はもう跳ね上がったりしない。

僕は最初に会った日のような夕焼けを見ながら空を仰《あお》いだ。


あれから彼女はどうなったのだろう。

母親は説得できたのだろうか。

学校にも来ていないみたいだから、もうアメリカに行ったのかもしれない。

それなら一言ぐらいあってもいいんじゃないだろうか。

せめて、『さよなら』と『ありがとう』ぐらい言いたかった。

いろんな思いがまぜこぜになって……

「もう会えないのかな……」

気がつけばそう零していた。

『空から女の子が降ってくる確率』

『0・011%』

携帯電話の画面に映った数字をもう一度確認する。しかし、その数字になんら変動はない。僕は諦めたような気分で携帯電話をポケットに戻そうとした。しかしそのとき、小さな電子音が僕の耳に届いた。僕は慌てて携帯電話の画面を確認する。

『2・364%』

『15・687%』

『38・946%』

「ヒロトくーん！　おーい！」

上がった確率と、聞き慣れた声に、僕は慌てて周りを確認する。すると、歩道橋の上で小さな人影が僕に手を振っていた。僕は彼女に駆け寄る。彼女も同じように駆け足で歩道橋の階段を下っていく。僕が階段の真下に着いたとき、彼女はちょうど半分まで下りてきているところで、僕を見つけると足を止めた。

「い・く・よ！」

そして、いつかのように彼女はそう宣言する。あのときは口パクだったけれど、今度は周りの人に聞こえるような大きな声で。

僕は一瞬固まって、ゆっくりと両手を広げた。きっと、顔は赤かったと思う。

『99・827％』

僕の身体にダイブした彼女は、あの日以降にあったことをかいつまんで話してくれた。頑張ってお母さんを説得したこと、父親に連絡を取ってみたこと、学校をやめることになったこと、アメリカではしばらくホームステイをするということ……

そして、もう日本には帰って来ないだろうということ。

「お母さんも一年したらアメリカに来てくれるって言うし、私はそれまで向こうで学業に励《はげ》むことにします。向こうは飛び級ってのがあるから、ヒロト君より先に社会人になっちゃうかもね！」

そう言って彼女は嬉しそうに笑う。僕は彼女と同じように笑いながら、深く頷いた。

「良かったね。おめでとう」

もちろん寂しさだってあったけれど、僕は強がってそう言う。彼女は本当に嬉しそうに「ありがとう」と口にした。

「そういえば、ヒロト君のほうはどうなったの？　ちゃんとあれから説得できた？」

「僕のほうはまだかな。でも、諦めるつもりはないから安心して」

「よーし、その意気だ！」

気合を入れるためか、彼女は拳《こぶし》を僕の胸に押し付ける。力強くはないけれど、その拳は胸に響いた気がした。本当に彼女は僕にいろいろなものをくれる。

僕は改めて彼女に向き合った。

「ありがとう。僕が一歩踏み出せたのは君のおかげだよ。本当に感謝してる」

「私は何もしてないよ。ヒロト君が自分で頑張ったんじゃない！　あ、でも、お礼をしてくれるっていうなら、受け取ってあげるよ」

「受け取ってあげるって……、じゃぁ、僕は何をしたらいいのかな？」

いつもの調子で笑う彼女に、僕もつられて笑ってしまう。こんな暖かな日々がもうすぐなくなってしまうなんて考えられない。

彼女はいつものにこやかな笑顔を収めると、少しだけ真面目な表情を向けて、僕の小指を握った。僕はその小指を手繰《たぐ》り寄せて、彼女の手のひらをしっかりと握る。

「また、私の写真撮ってね。絶対」

「うん。今度はもっと上手に撮るよ」

それは再会の約束だった。


それから数日後、彼女はアメリカに旅立っていった。

◆◇◆

あの別れから十数年後、僕は写真家になっていた。

あれからなんとか両親を説得した僕は、専門学校に通い、有名な写真家の人に弟子入りなんかして、がむしゃらに写真を撮った。撮りまくった。芽が出るのに結構な時間を費《つい》やしたが、今では写真家として生活ができるぐらいにはなっている。

これも全て、あのとき降ってきてくれた彼女のおかげだ。

僕の物語はきっとあのときから動き出したんだと思う。

「ニューヨークか……」

広い空港を見渡しながら僕はそう零す。そう、僕はアメリカに来ていた。

今回この国にやってきたのは、僕の日本での活動を気に入ったアメリカ在住のモデルから、直々《じきじき》に写真集製作の依頼がもらえたからだ。まったくもって、ありがたいことである。

僕はそわそわとした気持ちで周りを見渡す。エリには先日、今日アメリカに行くのだと事前に連絡をしていた。約半年ぶりの連絡である。再会できたら十年ぶりだ。日時と飛行機の時間だけ告げたメールに彼女は『了解！』とだけ返信をしてきた。だから、彼女はきっと空港まで来てくれるのだろうと勝手に期待をしていたのだけれど、どうやらそれは僕の勝手な勘違いだったようだ。だって、周りには彼女らしい人はどこにもいない。


『空から女の子が降ってくる確率』


僕は彼女と一緒に過ごした時間を思い出しながらその確率を調べる。

「今なら、あのときより綺麗に撮ってあげられる自信があるんだけどな」

苦笑と共にそう漏らすと、確率演算が終ったことを知らせる電子音が鳴った。

『91・567％』

十年ぶりの高い確率に、僕は顔を跳ね上げた。慌てて周りを確かめると、一人の女性が階段の先で仁王立ちをしていた。透き通るような髪の毛が、人より高い鼻梁が、すらりと伸びた手足が、あの頃と変わらず僕を魅了する。

「ヒロト！　い・く・よ！」

「ばかっ！　ちょ、エリ！　もういい加減、お互い大人だろうがっ⁉」

僕の静止なんて聞くはずのない彼女である。彼女はにやりと笑うと、いとも簡単に地面を手放した。

僕もいつの間にか両手を広げていたりする。

『99・654％』

ボーイ・ミーツ・ガール

僕の物語はたった今、第二章に突入した。

娘に彼氏ができる確率

小さい頃の娘は、本当に可愛かった。

それこそ、目に入れても痛くないのではないかと思うぐらい可愛かった。


「おとーしゃん、きょーは早くかえってくる？」

舌っ足らずな声で娘は私に問いかける。

早朝の冷え切った玄関で、娘は妻に支えられるようにして、かろうじて立っていた。その足下《あしもと》がおぼつかないのは、まだ意識が半分夢の世界にいるからだろう。来年も着られるようにと一つサイズを上げて買ってきたパジャマはぶかぶかで、三重に折った袖《そで》でまだ開ききらない目をごしごしと擦《こす》る。真っ白い頬を桃色に染めて、早朝に出かける私を娘はいつも見送ってくれていた。

その愛らしい姿に、私は眦《まなじり》を下げながら目線を合わせるためにしゃがみ込んだ。

「今日は早く帰るぞ！」

「ほんと⁉」

「あぁ、本当だ！」

一瞬にして目が覚めたのだろう、彼女の表情はぱぁっと明るくなり、小さく飛び跳ね始めた。そんな愛娘《まなむすめ》の姿を見て、私も嬉しくなる。

妻は私と娘を交互に見ながら、「大丈夫なの？」と視線で語りかけてきた。ここのところ仕事が忙しく、残業ばかり続けていた私が安易に娘と約束をしてしまうことに不安を感じたのだろう。私は妻の視線に頷《うなず》きながら、再び目線を娘に戻した。娘は未だ嬉しくてたまらないといった様子で飛び跳ね続けている。そんな彼女を制するように頭を撫《な》でれば、彼女はまるで甘えるかのように頬を擦りつけてきた。

「やくそくっ！」

「あぁ、約束だ！」

私の言葉に、彼女はまるで弾けるように笑った。

あの頃の娘は素直で元気いっぱいで、常に笑顔を絶やさなかった。もちろん、駄々をこねることも、泣いてどうしようもないこともあったけれど、手がつけられないなんてことは決してなかった。

本当に、あの頃の可愛くて素直だった娘はどこに行ったのだろう。

「わかった！　わかったからっ！　もう、お父さんうるさいっ！」

「うるさいとはなんだ!!　千夏《ちなつ》、待ちなさいっ！　大体、本当にわかっているのか!?　学生の本分は学業だっ！　学校を休むというのは……」

私は高校二年生になった娘を追いかけ回しながら気炎《きえん》を上げる。今や立派に大きくなった彼女は、リビングをぐるぐる回るように逃げながら、耳を劈《つんざ》くような金切り声を上げた。

「わかったって言ってるでしょっ！　っていうか、なんで一日、二日、休んだぐらいでそんな風に言われないといけないの⁉　学校に行くか行かないかは、私の勝手でしょっ⁉」

「勝手じゃないっ！　お前は誰が学費を出していると思ってるいんだっ！」

「それ言い出したらおしまいじゃんっ！　お父さんのばかっ！　大っ嫌いっ！」

『だいしゅき』と言っていた口で彼女は『大嫌い』と口にする。そのことが悲しくて、腹立たしくて、私は一歩踏み出すごとに怒りのスロットルを開けていく。

「なんだその台詞はっ‼」

今までで一番大きな声でそう怒鳴れば、目尻に涙を溜《た》めた娘が私を睨《にら》みつけて、更に毒を吐《は》かんとばかりに口を開く。

――そのときだった。

「はいはい、二人とも夕食できたわよ！」

そんな妻の声が私達の険悪な雰囲気を唐突に破壊した。まるで喧嘩など見ていないかのような軽《かろ》やかな口ぶりである。そして、一人だけ先に食卓へ着くと、いつまでも固まって動かない私達に呆《あき》れたような表情を向けた。

「早く食べないと冷めるわよ？」

その言葉を合図に、娘はまるで逃げるように席に着いた。私も渋々それに倣《なら》う。そして互いに目も合わさないまま、夕食を食べたのだった。

◆◇◆

「どうして、こうなったんだろうなぁ……」

私はそうぼやきながらリビングのソファーに身体を預けていた。目の前にあるテレビでは、大勢の観客で真っ赤に染まった球場が映し出されている。いつもなら気になる試合内容が、今日ばかりはまったく頭に入らない。

焼酎入りのグラスを呷《あお》れば、身体がカッカと熱くなった。酒の熱に浮かされているからだろうか、先ほどの娘の様子が頭を過《よ》ぎり、視界がじんわりと滲《にじ》んだ。

娘が初めて仮病で学校を休んだのは、去年の夏休みが終わって数日が経った頃だった。最初は夏休みのダラダラとした生活が抜けていないのだろうと思っていた。私にだってそういう経験や想いがないわけじゃない。月曜の朝は起きるのが辛いし、連休明けは休みの日々が懐かしくてたまらなくなる。だから、キツく注意することもなく、ただ一言窘《たしな》めただけでそのときは済ませたのだ。

しかし、それから数週間後、また娘は仮病を使い学校を休んだ。

前回とは違い、私は彼女を叱りつけた。このまま娘にサボり癖《ぐせ》がついてはいけないと思ったからだ。堕落《だらく》した生活を送ってほしくない。私としては親心で叱ったつもりだったのだが、娘はそれにかつてないほど反抗した。数日間、口もきかないほどの喧嘩が続いたが、娘もそれなりに反省したらしく、それから彼女はまた真面目に学校へ行くようになった。

しかし今年度に入って、また娘は学校を休むようになった。まだ五月だというのに娘はもう五度も学校を休んでいる。

そして、私達はその度に喧嘩をしていた。


「昔は、あんなに可愛かったのになぁ……」

まだ太陽も昇ったばかりの時間帯に、私を見送るためだけに必死で起きてくれたあの小さな彼女は、もうどこにもいないのだろうか。

数時間前の、まるで憎い相手を見るかのような娘の視線を思い出し、私は溜息をつきながらグラスを傾けた。飲まないとやってられない、というのはこういう気分のことを言うのだろう。

そんな私の手からグラスを取り上げて、妻が隣に腰掛けてくる。

「お父さん、飲みすぎよ」

取り上げたグラスの中身を呷りながら妻は笑った。こんなことになっても笑っていられるなんて、妻は器が大きいというか、脳天気というか……

そういう妻の態度に助けられることも多々あるけれど、今回ばかりはそんな飄々《ひょうひょう》とした彼女が少しだけ憎らしかった。

私は妻からグラスを取り戻し、少しだけ拗《す》ねたような声を出す。

「アイツがあんなに不真面目になってしまって、お前はなんとも思わないのか？」

恨《うら》み節のようにそう言えば、彼女は困ったように眉を寄せた。

「きっと、あの子もあの子なりに大変なのよ」

まるで事情を知っているかのような口ぶりに、私は「何か知っているのか？」と食い気味に尋《たず》ねた。しかし、妻は私の期待を裏切るようにただ二、三度首を横に振っただけだった。

「あのぐらいの年齢はいろいろあるのよ。丁度、大人と子供の境目だから……」

「アイツのどこか大人だっ！　サボり癖があるなんて、子供にもほどがあるだろう？

俺の若い頃のほうがまだいろいろ考えていた！」

「あら、そうかしら？」

「は？」

「あの子、貴方《あなた》にそっくりよ？　貴方があの子ぐらいの年齢のときは知らないけれど。でも、あの子昔から貴方にそっくり、本当に……」

まるで何かを思い出すようにそう言いながら、妻はゆったりと微笑んだ。

私と娘がそっくりというのはどういうことだろうか。確かに小さい頃は私に似たところもあった娘だが、中身も外見も年々妻に似てきている気がする。娘は結局同性である妻に似てくるのだと思うと、まるで娘の中にある自分の遺伝子が少ないかのようで寂しく感じるが、それが父と娘の悲しい性《さが》なのだと言われたらしょうがない。

少し話は逸《そ》れたが、私から見て娘と自分はまったく似ていないのだ。なので、私は妻のその言葉を『そんなに怒らないで、落ち着いて』と訳した。

私は妻の言葉には応えず、グラスに残った焼酎を一気に呷る。

しかし、胸の中で燻《くすぶ》った感情が酒などで洗い流されるわけもなく、私はその日、妻が止めるまで晩酌《ばんしゃく》を続けたのだった。

◆◇◆

娘と怒鳴らずに話をしたのは、いったいいつが最後だっただろうか。

そんなことをじっくりと考えられるぐらいには頭が冷えた深夜、私は寝室の天井を眺めながら娘が小さい頃を思い出していた。

幼い頃の娘は本当に手のかからない良い子だった。大きな病気や怪我の類《たぐい》はほとんどなく、友達と殴り合いの喧嘩をすることもなかった。駄々をこねることも少なく、性格は真面目。小学校と中学校はどちらも皆勤《かいきん》賞を貰っていたぐらいだ。

そんな娘はどこから変わってしまったのだろう。少なくとも高校に入るまで、彼女は仮病で学校を休むような人間ではなかったはずだ。

そう考えていたとき、私の頭にある単語が浮かんできた。

「彼氏か！」

思わず口から出てしまった思考に、隣の妻が身じろぐ。しかし、そんなことに構っていられるほど、私の心中は穏やかではなかった。

高校生になってから、いきなり変わった娘の様子、それが彼氏の影響によるものだったら……。

私は慌ててベッドから跳ね起き、リビングからタブレットＰＣを持ってきた。薄いガラス板のような画面に見慣れたアイコン達が浮かび上がってくる。私はその中の一つを指で叩いた。

【未来予測システム】

これは、条件を設定すれば簡単な未来予測をしてくれるシステムだ。ビッグデータやSNSの情報を使い機械的に確率を出すだけではなく、人の感情や思考パターンなどをバイタルから読み取り、その結果を反映させることができる。なので、出てきた確率はその人独自のものになることがほとんどだ。最初は企業向けで開発されたこのシステムだが、今は個人でも利用することができるようになっていた。

私がこのシステムに詳しいのには理由があった。私の勤めている会社がこの確率システムの管理・運営をしているのだ。エンジニアではないので確率を出すプロセスなど詳しいことは知らないが、そこら辺の人よりは造詣《ぞうけい》が深い自信がある。そういう事情から、このシステムについて友人に相談されることもしばしばあるぐらいだ。

頭の片隅でいつかの過去を思い出しながら、私は立ち上がったシステムで、ある確率を調べる。

『娘に彼氏がいる確率』

出てきた空欄に娘の情報を入れ、少し緊張しながら実行ボタンを押す。『おまちください』の文字がゆっくりと点滅する間、私はやきもきしながらその瞬間を待った。実際には数秒間だったその待ち時間が、数分、数時間に感じられるほどだった。

『5・908%』

しばらくして出てきた数字に、私は胸を撫で下ろした。0%ではないにしても、これだけ確率が低いのならば、娘に彼氏がいるということは恐らくないだろう。

もしかしたら、全部私の杞憂《きゆう》なのかもしれない。娘が学校をサボりたがるのは単なる反抗期特有のもので、時間が過ぎれば落ち着くところに落ち着くのかも……

しかしそんな希望は、次に調べたある未来予測によって見事に砕かれるのである。

『娘に彼氏ができる確率』

期間を入力する欄には『三ヶ月以内』と入れた。

『45・136％』

出てきた数字に私は愕然とし、そして確信した。娘を不真面目にしたのはこの彼氏候補なのだと。

男でも恋人ができた瞬間に趣味がガラッと変わってしまう奴がいる。人は人に影響される。それが近しい人なら猶更《なおさら》だろう。

私の頭の中では、《不真面目な男》に《謀《たばか》られる娘》という構図が完全にできあがってしまっていた。

「このままではダメだ……」

私は娘と《不真面目な男》を引き離す決心をした。

あとから考えれば、考えが飛躍し過ぎのような気もしたし、思考が酒《さけ》に浸っていたような気もするのだが、そのときの私を止めることはもはや誰にも無理なのであった。

《不真面目な男》と娘を引き離すにしても、そもそも《不真面目な男》が誰なのかわからない。

◆◇◆

翌朝、私はそんなことで頭を悩ませていた。土曜日ということもあり、時間に余裕のある私は目の前の朝食を見つめながら物思いにふける。娘は朝早くからバイトに行っており、食卓には私だけがぽつんと席についていた。

「朝からどうしたの？　浮かない顔ね」

おっとりとそう言いながら、妻は私に淹《い》れたての珈琲を差し出す。それを受け取りながら、私は小さく肩を竦《すく》めた。その仕草だけで私が何を言いたいのか読み取った妻は、向かいの席に座りながら小さく首を捻《ひね》った。

「もしかして、千夏のこと？」

「まぁな」

「何か気になることがあるなら、直接聞いてみたらいいじゃない」

「それは……」

私は口の中で言葉を噛んだ。

妻は軽い感じでそう言うが、昨日の今日で「好きな男でもいるのか？」なんて聞けるわけがなかった。第一、そういうデリケートなことを親から聞かれるのは嫌な年頃だろう。ましてや私は男親なのだ。素直に話してくれるわけがない。

それぐらいは娘の気持ちに疎《うと》い私でもわかった。

「お前は何か知らないか？　その、千夏の彼氏や好きな男のこととか……」

何かヒントがないかと思いそう聞けば、妻は少し考えるようなそぶりをする。しかし、すぐに頭を振っていつもの柔らかい笑みを浮かべた。

「流石《さすが》に知らないわね。何、あの子の男関係が気になるの？　もしかして、学校を休みたがる原因がそれにあると思って？」

「……そうとしか考えられない」

「それは流石にないんじゃないかしら。あの子まだ花より団子って感じだもの。男に現《うつつ》を抜かすなんてことができるなら、褒めてあげたいくらいよ」

冗談めかしたようにそう言って妻は笑う。余裕のない私とは裏腹に、妻はどこか余裕の表情だ。私はそんな彼女の態度に眉を寄せ、口をへの字に曲げた。

「お前はそうは言うが、もしかしたら、ということもあるんじゃないのか？　それに高校に入るまで千夏は真面目な奴だったんだ。新しくできた人間関係が原因としか考えられない」

私は妻に昨日調べた確率の結果と、それから導き出した持論を展開した。

「それは考えすぎじゃないかしら?」

「じゃぁ、他に原因があるというのか? あいつも一応、年頃の娘だぞ!」

「だから、そんなに気になるなら直接聞いてみればいいじゃないの」

呆《あき》れたような妻の物言いに私は口を尖《とが》らせる。

娘に直接そんなことを聞ける父親は、一体どのくらいの割合でいるのだろうか。少なくとも私は、そんな心臓に剛毛《ごうもう》が生えたような父親になれそうもなかった。

「……俺が聞いて、素直に答えてくれると思うのか?」

「まぁ、答えないでしょうね」

「それなら聞く意味がないだろう!」

妻の飄々《ひょうひょう》とした態度に、私は語尾を荒げる。しかし、妻は私に怯《ひる》むどころか、まるで出来の悪い子供を見るような視線を向けた。

「馬鹿ね、聞くこと自体に意味があるのよ」

「……意味がわからない……」

もうこれ以上は話にならないと、私は溜息をついて会話を終わらせた。

妻はそんな私を一瞥《いちべつ》しただけで、いつものようにテレビでニュースチャンネルを見始める。私が不機嫌なのをまるで気にしていない様子だ。そんな妻の様子を羨ましくも妬ましくも思いながら、彼女の視線に促《うなが》されるように私もテレビのほうを見た。

四十型のディスプレイには毎週末に見るライブ配信番組が映し出されている。その週のニューストピックスが曜日ごとに紹介されるのを、私はただただ眺めていた。

『犯罪に悪用⁉　VRSNS【TOY-BOX】の危険性とは……！』

そんなテロップと共に、テレビは先週の初めに起きた買春《かいしゅん》事件を伝えてくる。簡単に事件のあらましを紹介するなら、私と変わらない年齢の男が【TOY-BOX】を使い、十代半ばの少女と関係を持ったというものだった。

【TOY-BOX】というのは、最近人気のVRSNSアプリの名称だ。アバターを利用し、匿名《とくめい》同士で他愛《たあい》もない会話や、悩み相談をする場として使われている。仕事の情報交換や情報収集、会社の愚痴を発散する場としても利用されているので、幅広い層の人が【TOY-BOX】を利用していた。

本来は健全な交流目的のSNSだが、どうしてもこういうものは出会い系のような側面も併《あわ》せ持っている。そして、それを利用した犯罪も多々起きていた。

「まったく、こんなものを使うやつの気が知れないな。危険なのはわかり切っているだろう！」

まるで八つ当たりのようにそう吠《ほ》えれば、妻が「あら」とこちらほうを向く。

「千夏、よく【TOY-BOX】使っているみたいよ。お友達とお話しするのに便利みたいね」

「なんだと⁉」

思わず声を荒げて立ち上がれば、妻がころころと笑う。

「そんなに心配しなくても大丈夫よ。千夏はそういうところしっかりしているから」

「なんでそんなことがわかるんだ！」

「私の娘だからよ。貴方も自分の娘なんだから、もうちょっと信用してあげればいいじゃない」

鼻の穴を膨らませて怒る私を、凪《な》いだ海のような妻の言葉がだんだんと落ち着かせていく。

「信用はしている。だが、それとこれとは話が別だろう？　人を騙《だま》そうとするやつはいくらでもいるからな」

「そんなに心配なら、一度使ってみたらいいじゃない。【ＴＯＹ-ＢＯＸ】、案外楽しいかもよ？」

「何をバカなことを……」

そう鼻で笑うと、妻がテーブルから身を乗り出してくる。そして、彼女はまるで内緒話をするかのように声を落としながら、ゆっくりと微笑んだ。

「もしかしたら、千夏の彼氏候補もそこにいるのかもしれないし……」

その言葉にはっとした。確かにその可能性は十分にある。娘が【TOY-BOX】を使って《不真面目な男》と知り合っていたら……

「千夏が使っているサーバー、知りたい？」

不敵な笑みをたたえて妻がそう言う。私はそれに思わず頷いていた。

妻にセッティングをしてもらえば、【TOY-BOX】に潜入する準備はすぐできた。どんな人にもオープンな【TOY-BOX】を利用するにあたり、〝潜入〟という言葉が適切かどうかはわからないが、気分は十分〝潜入〟モードだった。【TOY-BOX】にいるだろう《不真面目な男》を探し出し、娘と引き離すのが今回の最終目標だ。バイトから帰ってきた娘は昼食を食べたあとから部屋に引き籠《こ》もっている。きっと【TOY-BOX】をしているのだろうと妻が言っていたので、これはチャンスだと、私も夫婦の寝室に飛び込んだ。

そして、妻から借りたVRゴーグルを頭にセットする。【TOY-BOX】はタブレットPCでも利用することは可能だったが、仮想空間になっている【TOY-BOX】を利用するにはVRが最適だと、妻がゴーグルを貸してくれたのだ。

アバターは『おまかせ』で適当に作り、私は一つ息を吐き出してベッドに腰かける。VRを使うのがほとんど初めてだからか、私はどこか緊張していた。

汗ばんだ手でコントローラーを動かし『ＳＴＡＲＴ』のボタンを押す。

すると、眼前に真っ白な世界が映し出された。

「ここが……」

『ここが……』

発した言葉がすぐデジタル音声に変換され、自分のアバターから発信される。その声に近くにいたアバターたちが私を振り返った。

見渡す限りの白い世界に、いろいろな形の扉が無数に浮かんでいる。アレがグループチャットの入口だというのは、今朝のニュースで説明していたので知っていた。眼前を通る色とりどりのアバターたち。大きさも性別も姿も十人十色だ。ウサギのぬいぐるみから青年の声が出ていたり、凄くリアルなカエルのアバターからは女性の声が出ていたりする。ちなみに私のアバターは三頭身の犬のキャラクターだった。頭にリボンが付いているあたり、何かの間違いで性別が女性になってしまったのだろう。声も甲高く変換されている。

重力はあるようだが、その方向は一定ではなく、波のように曲がった壁や天井にもアバターたちは座り込んでいた。

上下左右の感覚が麻痺《まひ》しそうになる空間、慣れないＶＲ。私が吐き気をもよおすまで三十分とかからなかった。

◆◇◆

「おとーさん、きょーは早くかえってくるって約束したのに……」

思い返せば、アレが娘とした初めての喧嘩だった。

早く帰ると約束したその日、急に降りかかってきたトラブル対応のせいで私の帰宅は深夜の十一時を軽く回ってしまっていた。関係各社に謝り行脚《あんぎゃ》を済ませて帰宅した私の精神と体力はもうくたくたで、約束をした事実でさえ、悲しそうな娘の顔を見るまで思い出さなかったくらいだ。

「いつまで起きているんだ。早く寝なさい」

溜息交じりにそう言えば、娘は口をへの字に曲げて俯《うつむ》いてしまう。お風呂に入ったはずの小さな手のひらはところどころ汚れていて、頭には折り紙の紙屑《かみくず》がついていた。どうやら私が帰るまでの間、部屋で遊んでいたらしい。

自分はこんなに頑張っているのに、子供は気楽で羨《うらや》ましい。その姿を見て、そんな感想が浮かんだ。

「やくそく……」

「ごめんな？　でも、お父さんだってお仕事頑張って帰ってきたんだから、そんなわがまま言わないでくれよ……」

今朝と同じようにしゃがみ込みながら頭を撫でれば、その小さな頭がしゃくり上げているのがわかった。

「お疲れ様。今日も忙しかったのね」

いつまでたっても泣き止《や》まない娘を抱き上げてリビングに入ると、困ったような顔をした妻が夕食の準備をしてくれているところだった。食卓テーブルの上には自分の夕飯と、厚紙と折り紙で作った剣と王冠があった。

「千夏、遊び終わったなら片付けなさい」

「あなた！」

まるで私を咎《とが》めるように妻が声を張る。こんな時間まで遊んでいて片付けもしていない娘を咎めるのならわかるが、どうして仕事で疲れて帰ってきた私を咎めるのだろうか。確かに娘との約束を守れなかったのは、悪いことをしたと思っているが……

娘はそんな私の声を聞くや否《いな》や、腕から飛び降り、無言で机の片付けを始めた。剣と王冠を乱暴にビニール袋に突っ込んで、それを引きずりながらリビングから出て行こうとする。向かう方向からいって、どうやら寝室に行くのだろう。

「おやすみ。今日はごめんな？」

「おやすみ、なさい……」

娘は振り返ることなくそう言った。

それが、娘とした初めての喧嘩の記憶である。あのあと、妻が何かを言っていた気がするが、なんと言ったのだろうか……

あぁ、思い出した。

確かあのときも「貴方と千夏はそっくりね」と言ったのだ。呆れたような、怒ったような、そんな微妙な表情で。その意味は今もわからないままだ。

◆◇◆

ＶＲ酔いとでも言うのだろうか。胃の中のものを全部吐き出して、私は身体を引きずりながら寝室に戻ってきた。ベッドの片隅に追いやられたＶＲゴーグルは掛けるべく主人がいなくても動き続けている。私は青い顔でしばらくゴーグルを眺めたあと、意を決して、それをもう一度手に取った。メガネのように顔にかけると、すぐに白い世界が視界に飛び込んでくる。しかし、今回はそれだけじゃなかった。

『あのー、さっきから動きませんけど、大丈夫ですか？』

『もしかして、ＡＦＧってるだけかな？』

『ログインしたばっかりなのに？　コンフィグ確認してるんじゃないですか？』

『十分間も？　ＶＲ酔いとかで倒れてないといいんだけど……』

目の前で男女のアバターが話し合っている。しきりにこちらを観察しているところからして、動かない私を心配してくれていたのだろう。

二人のアバターはどちらも人型で、まるでアニメのキャラクターのようだった。男性のほうは制服姿で青い奇抜な髪をしている。一方、女性のアバターは魔女のような真っ黒な姿にピンク色の髪をしていた。ウサギの耳まで生えている。

『……大丈夫です』

そう声を出すと、二人のアバターがどちらも驚いたようなモーションを取った。私も画面の片隅にあるモーション機能で、ひとまず頭を下げることにした。

『すみません。心配を……してくださったんですよね？　今日が初めてなもので気持ち悪くなってしまって……』

『あー、ＶＲ酔いですね。初心者あるあるですよー。今は大丈夫ですか？』

軽い感じでそう言いながら、男性のアバターが笑った。女性アバターも同様にほっとしたような笑みを浮かべている。まるで現実世界のような、随分と多彩にとんだ表情だった。

男性のほうはセンカくんで、女性のほうはチカさんというらしい。二人は簡単な自己紹介をすると、私にVR酔いが少なくなる画面設定を教えてくれた。おかげで、随分と負担が減ったように思う。これなら一、二時間ぐらいは余裕で行けそうだ。

それと、彼らは私に【TOY-BOX】の基本情報を教えてくれた。歩くことしかできなかった私にアバターの走らせ方や【TOY-BOX】での常識、簡単なネットスラングなんかを、彼らは懇切丁寧《こんせつていねい》に説明してくれた。知らなかったことが多過ぎて、まるで違う国に来たような感覚である。

別に二人は普段から初心者に講義を行っているわけではないらしい。たまたまログインした先で、犬のアバターが何分も固まっていたから心配してくれたそうだ。

私は二人に名乗る名前を持ち合わせていなかったので、ここでの名前は二人に決めてもらうことにした。ちなみに本名を名乗る人もいるそうなのだが、それは一般的にも推奨されていないらしい。

『ワンさんなんてどうですか？　犬のアバターですし、呼びやすいし』

チカさんの提案で、そんな隣国《りんごく》の人みたいな名前になった。

私はここに来た理由を求められるまま、かいつまんで説明した。説明といっても、『娘がここで変な男に引っかかりそうになっているから、止めに来た』なんて一行で済ませてしまう簡単なものなのだが……

『最近事件があったからか、そういう人多いですよね。娘さん、早く見つかるといいですね』

『ワンさんの娘さんってどんなアバターなんですか？　教えてくださったら、見つけ次第知らせますよ？』

にっこりと笑う二人に思わず涙腺《るいせん》が緩みそうになる。二人の年齢は知らないが、娘もこんな風に思いやりがある人間に育ってほしいものだ。

そんな感慨《かんがい》にふけっていたとき、はたと気がついた。私は娘のアバターを知らない。妻に教えてもらってもいない。聞きもしなかった。なんの根拠もなく、バーチャルの世界でも娘がそこにいればわかるような気がしていたが、そんな保証はないのだ。アバターという着ぐるみを着た状態で、私は娘を娘と認識できるのだろうか。

『えぇ⁉　どんなアバターか知らないんですか？　それは絶対探せませんよー。【TOY-BOX】をどれだけ狭いと思ってるんですか！　ココ、めっちゃ広いんですよ！』

『娘さんのアバターを知っていたとしても、実際に見つけるとなったら難しいですからね。まったく知らないということだと、手の打ちようが……。ワンさんには酷《こく》かもしれませんが、もう現実世界で話し合ったほうがいいですよ、ソレ』

センカくんからはボディブロー、チカさんからはアッパーカットを貰った私は、精神的に打ちのめされていた。それもそうだろう、妙案だと思っていた案が根底から覆《くつがえ》ったのだ。娘に会うことができないのなら、その隣にいるだろう《不真面目な男》にも会うことはできない。

そもそも、なぜそのことに気がつかなかったのか、それが不思議でならない。昨日の酒が残っていたというのは苦しい言い訳だろうし、老いと断じるには年齢的に早いだろう。結局のところ、私の考えが足りなかったという結論しか出ない。

私はがっくりと項垂《うなだ》れた。

この世界に送り出してくれた妻は知っていたのだろうか。私がこうなることを予測していただろうか。私よりいろいろなことに気がつく彼女のことだ。きっと予測していたに違いない。予測したうえで、彼女は私をここに送り出したのだ。

「ね？　意外に楽しかったでしょう？」

そんな風に笑う妻の顔が容易に想像できた。

こうなれば無駄にしたのが一日でよかったと考えるべきだろう。それが貴重な週末の大切な休日だとしても、だ。

『ワンさん、良いお母さんみたいだし、ちゃんと話し合ってみれば案外それだけでうまくいくかもしれませんよ？』

女性向けのアバターに入っている私を『お母さん』と勘違いしたまま、センカくんは励ましてくれる。チカさんもまるで同意を示すように頷いてくれた。本当に気の良い人たちである。この二人に会えただけでもここに来た価値があるというものだ。

そんな二人に促《うなが》されてか……

『それが、娘とは最近うまくいってなくて、喧嘩ばかりなんです……』

気がつけば、そう愚痴を吐いていた。慌てて謝るが、目の前の二人はもうすでに私の前に座り込んで話を聞く体勢になっている。

『まぁ、こういう場ですし、話ぐらいなら聞きますよ』

『逆に言ったら、それぐらいしかできませんけどね』

ははっと二人は顔を見合わせながら笑う。私はそんな二人に娘とのことを、ところどころぼかしながら話し始めた。

◆◇◆

『……それで、ここにその《不真面目な男》がいると思って、探しに来たんですか?』

『はい……』

『そもそも、その《不真面目な男》って本当にいるんですか? 話を聞く限り、憶測だけで動いているって感じですし、もしかしたら全部ワンさんの勘違いなんじゃ……』

『もちろん、その可能性はありますけど……』

確かに勘違いである可能性は否定できない。むしろ、その可能性のほうが高いかもしれない。しかし、娘がこの世界にいることも『娘に彼氏ができる確率』が高いことも事実なのだ。

『っていうか、なんでワンさんは娘さんに直接「なんで学校を休むの？」って聞かないんですか？　聞けない理由でもあるんですか？』

『え？』

その言葉に目から鱗《うろこ》が落ちた。確かにそうだ。なんで私は娘に学校を休みたがる理由を聞かなかったのだろうか。「好きな男でもできたのか？」とは聞けなくても、それぐらいは確かに聞けたはずだ。なのに私は、直接そのことを聞かないまま、娘の心の中を勝手に想像して納得していた。

しかし、それは私の妄想《もうそう》であって真実ではない。

『ワンさんが理由を聞けないなら、娘さんから理由を話せばいいのに、とも思いますけどね』

『それは言いにくいんじゃないですか？　少なくとも自分だったら無理だなぁ……』

『まぁ、センカくんには無理かもね』

『それって、もしかしてバカにしてます?』

センカくんが不機嫌な声を出しながら、怒るようなモーションをする。どうやら二人の力関係は、チカさんのほうが上らしい。

『もしかしたら、お二人は似たもの親子なのかもしれませんね』

チカさんの言葉に、現実世界にいる私の肩が跳ねる。『似たもの親子』なんていうのはどこかで聞いた言葉だ。正確には『そっくり』なのだが、意味は大体一緒だろう。

『どこが似ているんですかね?』

そう聞くと、チカさんは『私の勝手な考えですが』と前置きしたあとに、『お二人とも言葉が足りないなって思いました』と笑った。

その言葉に息をのむ。

確かに、その通りだった。

最初に叱りつけたとき、私はこのまま娘にサボり癖がついてはいけない、堕落《だらく》した生活を送ってほしくない、という親心で娘にキツイ言葉を浴びせかけた。しかし、キツイ言葉は浴びせかけても、その親心までは彼女に投げかけていなかった。ここに来る前だって、妻に散々『直接聞いてみればいい』と言われていたのに、私はそれを拒絶した。

また娘も、学校を休みたい理由があるのなら、それを私に言えばよかったのだ。

もしかしたらそれは、私が言えるような雰囲気を作ってなかったことが原因かもしれないが……

なんにせよ、私達には言葉が足らなかった。それを今理解した。

今日からでも、やり直せるだろうか……

『とりあえず、娘さんと一度話をしてみたらどうですか？』

『あんまり怒ったら駄目ですよー』

そんな言葉で私は【ＴＯＹ-ＢＯＸ】から見送られた。

帰ってきた現実の世界は、もう薄暗くなっていた。窓から差し込んだ夕焼けの赤い光がフローリングの上を滑《すべ》っている。私は部屋の明かりをつけながら、どこかすっきりした心持ちになっていた。

◆◇◆

「どうして学校を休みたがるんだ？」

その日の夕食時、私は娘に思い切ってそう聞いてみた。アドバイス通り、できるだけ普通に、さりげなく。怒ったときのような表情は一切見せずに聞いた。それでも緊張が顔に出ていたのだろうか、娘は一瞬驚いたような表情になり、そして、怪訝《けげん》そうに眉を寄せた。

「何、いきなり……」

「いや、怒ってばかりいて、理由を聞いてなかったなと思って……」

「………」

娘はまるで値踏みをするかのように私を上から下まで眺めて、そして小さく「別に」と口にした。その言いように一瞬カッとなりそうになったが、かろうじて踏みとどまる。

『あんまり怒ったら駄目ですよー』

その言葉を頭の中で何度も反芻《はんすう》させて、気持ちを落ち着かせる。

「お父さんには言えないことなのか？」

探るようにそう聞けば、娘の顔色も少しだけ変わった。困っているのか、眉を寄せて頬を少しかいている。数秒間の沈黙のあと、かき消えそうな小さな声で娘が言葉を発した。

「言えないわけじゃないけど、恥ずかしいからヤダ」

「そうか……」

「うん」

何も解決してないのに、どこか嬉しそうに娘は頷いた。それを見て、私も少しだけ嬉しくなる。

「お父さんができることはあるか？」

「え？」

「いや……、何か協力できることがあればいいな、と思ってな……」

その言葉はなんとなく恥ずかしくて、しどろもどろになってしまう。目の前に座る娘はそんな私を見るや否や、盛大に顔を顰《しか》めて身を引いた。

「お父さん、頭でも打ったの？　なんかキモイんだけど……」

「はぁ⁉」

「まぁ、いいや。じゃ、これ食べて」

娘は私の皿の上にサラダのトマトを載せてくる。

そして、私に久しぶりの笑顔を向けた。

「なんでもしてくれるって言ったでしょ？」

「なんでもするとは言ってない！」

そう言いつつも、私はトマトを口に放り込んだ。

妻はその隣でいつも以上にニヤニヤ笑っていた。


その次の週末、私は久しぶりに【ＴＯＹ-ＢＯＸ】へ行くことにした。もう二度と来るつもりのなかったここへ来たのは、彼らにお礼を言うためだった。

あれから娘との仲は改善した。良好とまではいかないが、少なくとも互いに怒鳴り合うような喧嘩はしなくなったし、娘も私の言葉に耳を傾けてくれるようになった。

あれから学校も休んでいない。

それも、あのときの気づきとアドバイスがあったからだ。

ここに送り出してくれた妻にもお礼を言いたいが、なんだか手のひらの上で踊らされているような心地になっているので、もう少しあとにお礼を言うことにしている。

【TOY-BOX】にログインすると、あの真っ白い世界が眼前に浮かび上がってくる。

彼らに再会できるという保証はない。約束もしていないし、【TOY-BOX】は途方もなく広いのだ。しかし、一度ぐらいなら試してみてもいいと思った。

『あ、ワンさん、お久しぶりです』

ログインしてすぐ、聞き覚えのある声が耳朶を打った。振り返ると、そこには少しだけ服装の変わったチカさんがいた。彼女は手を振りながら私のほうへ近づいてくる。

『この世界って、最初のログイン時は座標を設定してなければランダムでどこに飛ばされるのかわからないんですけど、二度目からはログアウトした場所にスポーンするんです！』

『すっぽん？』

『すっぽんじゃなくて、スポーンです！　まぁ、簡単に言えばログアウトしたところから始められるってことですよ』

びっくりして固まったままの私に、チカさんはそう種明《たねあ》かしをする。しかし、その種明かしに、私は更に困惑した。

『つまり、私がログインするまでここで待っていてくれたんですか？　もう一度ここに来るかどうかもわからないのに？』

『はは、違いますよ。たまたま、ここが私たちの溜まり場ってだけです。まぁ、いつかまた来てくれるかなぁって、センカくんと話していたのは事実ですけど。あれからどうなったのかも聞きたかったですし』

そう言って笑うチカさんに私は事の次第とお礼を述べた。

『お力になれたみたいで良かったです』

『ありがとうございます。助かりました。……といっても、娘が学校を休んだ理由はわからないままなので、またこれからどうなるかはわからないんですが……』

『《不真面目な男》は見つかりました？　あ、彼が原因かわからないから《彼氏候補》くらいにしといたほうがいいんですかね？』

『いいえ、そっちのほうもさっぱりでして。確率は上がっているので、娘に近づく男がいるのは間違いないんですが……』

実は昨日、私はもう一度『娘に彼氏ができる確率』を調べていた。出てきた確率は『58・236%』。前回よりもかなり上がっている数字に、私はなんとも言えない寂しさを味わった。

『まぁ、年頃なんですし仕方ないですよ。逆にいつまでも恋人ができなかったら、親としては不安になりませんか？』

『高校二年生で恋人はまだ早いです！』

『ワンさんって頑固おやじみたいですね。あ、女性に「おやじ」は失礼か……』

からからとチカさんは笑う。それを見て気分の良くなった私は、もう一歩踏み込んでみることにした。

『そういえば、チカさんはおいくつなんですか？　ご結婚は？』

『私は二十歳で大学生です。なので、結婚もまだですよ。……というか、結婚どころか今は恋人もいない始末で……』

チカさんは苦笑いを浮かべながら頬をかく。その様子を微笑《ほほえ》ましく見てしまうのは、彼女を娘のように思っているからだろうか。そんな風に思考を巡《めぐ》らせていると、唐突に何かが一つに繋がる音がした。現実世界の私はその発見に生唾《なまつば》を飲む。

よく考えてみたら『千夏』は『チカ』と読めるじゃないか。もしかしたら、二十歳というのも大学生というのも嘘で、彼女は千夏じゃないのだろうか。そういえば、最初に妻が設定をしてくれたとき、彼女は何か数字を打ち込んでいた。あれは娘がいつも行く場所の座標だったんじゃないだろうか。

心臓が急に早鐘《はやがね》を打ち出す。

私は無意識に生唾を飲み下すと、冷たい汗が背中を伝った。

そんな私の心境を無視してチカさんは話を続けた。

『まぁ、気になる子、はいるんですけどね……。そうだワンさん！　今度、相談に乗ってくださいよ！　大人の女性の意見、聞きた……』

『……ちなつ？』

『はい？』

聞き取れなかったのかチカさんが首を傾げる。

『千夏ですか？』

敬語になったのは、彼女の態度がどこかやはり現実の千夏とは違うような気がしたからだった。言葉を吐き出したあとには、やはり違ったか、と後悔の念が頭をよぎる。

しかし、そんな想いとは裏腹にチカさんはピタリと動きを止めてしまった。

『チカさんは、娘の千夏ですか？』

一字一句確かめるようにそう聞けば、チカさんは『あ、あぁ！　私のことですか！』と、急に動き出した。そして、焦《あせ》ったような声とモーションで弁解をする。

『知り合いに「ちなつ」って子がいたもので、びっくりしちゃいました！　そうですよね！　私のことですね！　というか、そもそもそんな偶然があるわけないですもんね！　私は「ちなつ」さんじゃないですよ！』

はっきりと否定したその様子に、私は彼女が娘ではないと確信した。もし本当に彼女が千夏ならもっと激昂《げっこう》しているはずだし、部屋にだって乗り込んできただろう。

『すみません、勘違いしてしまって……』

そう頭を下げると、チカさんはいえいえと首を振る。

『気にしないでください。「ちなつ」って珍しい名前じゃないですしね！』

最後のフォローだけはよくわからなかったが、私はとりあえず頷いておいた。なんにせよ、間違えたのは事実だ。人生そううまくいかないものである。

『お詫びに何かさせてください。……えっと、大人の女性の意見でしたっけ？』

『あ、はい。よろしくお願いします！』

そういつも通り明るく声を上げたあと、チカさんは『やっぱりそんな偶然あるはずないよね』と小さく独り言を零し始める。しかし、それも背後からかかった声に中断されてしまった。

『あ、ワンさんだ！』

『センカくん、お久しぶりです』

チカさんと同じように少しだけ服装の変わったセンカくんが元気に駆け込んでくる。

私は彼にもお礼と報告をした。すると彼は嬉しそうに『また、何かあったら相談してくださいね！』と優しい言葉を投げてくれた。


その日から、私たちの不思議な友人関係は始まった。

私は娘のことで何かあると二人に相談するようになった。チカさんも私と二人っきりのときを狙って、気になっている人のことを相談してくれる。センカくんはいつも元気で、明るくて、幼い日の娘のように場をいつも明るくしてくれた。

『今日、確率を調べてみたら『７０・５６９％』だったんですが……』

『もうそれは止められませんね！　明日には彼氏ができちゃってますよ、娘さん』

『それは寂しいっ！　まだ彼氏は早過ぎるっ！』

『残念ですねー！』

けらけらとセンカくんは笑う。私はそんな彼を見ながら唇を尖らせた。

『センカくんは何か悩み事はないんですか？　いつも幸せそうですけど』

『ワンさん、酷いですねー。悩み事の一つや二つ、自分にだってありますよ！　……まぁ、秘密ですけど！』

そう言って彼はなぜか胸を張る。

それがなんだかおかしくて、私は現実世界でも少しだけ笑ってしまっていた。

◆◇◆

「お父さんってさ、……毎晩部屋で何やってるの？　たまに話し声とか聞こえるんだけど……」

【ＴＯＹ-ＢＯＸ】にもすっかり慣れたある日の夕飯時、娘は私にそんなことを聞いてきた。私は一瞬息を詰めて、そして冷や汗を額《ひたい》に滲ませた。【ＴＯＹ-ＢＯＸ】をやっていることは最低バレてもしょうがない。しかし、それをやり始めたきっかけなんかを探《さぐ》られたら、苦労して取り戻した娘からの信頼が全部消えてしまうかもしれない。

私は無理やり作った笑顔を顔に張り付けると、できるだけ明るい声を出した。

「最近な、久々に高校のときの同級生と連絡を取り合うようになって、毎晩電話しているんだ！　うるさくしたか？　すまん、すまん」

そう言いながら無理やり笑い声を絞り出すと、娘は「ふーん、高校のときの友達ね」と不機嫌そうに返事をした。

その様子に小さな違和感を覚えた私は顔に張り付けていた笑顔を収める。

「何かあったのか？」

「何かって、何？」

「いや……」

小さな違和感の正体がうまく表現できない私は、そう言葉を濁してしまう。娘は私をじっと見つめるだけで何も話してくれない。

そんなよくわからない沈黙を破ったのは、やはり妻の一言だった。

「二人とも、お箸《はし》止まってるわよ？　何？　そんなに美味しくなかったの？」

苦労して作ったのにー、と唇を尖らせる妻に思わず笑みが零れた。娘も同じで表情を緩め「大丈夫、美味しいよ」と口にする。

娘に小さな違和感を感じたのは、そのときが最初で最後だった。夕食を食べ終わる頃にはいつも通りの憎たらしくも可愛い娘に戻ってしまっていて、私もだんだんその小さな違和感を忘れてしまっていた。

◆◇◆

現実と【ＴＯＹ-ＢＯＸ】を行き来するようになってから二ヶ月が過ぎた頃、その変化は突然やってきた。

その日はたまたま代休による平日休みで、私は娘も妻もいない家で暇を持て余していた。やることがないなら【TOY-BOX】に行ってみようとゴーグルを起動した先で、私は大学が休校になったというチカさんと偶然にも落ち合うことになった。

『うちの近所の大学も今日休校していましたよ。創立記念日とか何とかで……』

私が近所の大学名を告げると、チカさんは嬉しそうな声を滲ませた。

『それ、私が通っている大学ですよ⁉ もしかしたら、ワンさんと私達って近くに住んでいるのかもしれませんね。すごい偶然！』

チカさんはやや興奮気味で言葉を続ける。

『センカくんも実は近くに住んでいるんですよ。バイト先の後輩なんです！ いつか、オフ会とかしてみたいですね！』

『そうですね。でも、二人が私を見たら、びっくりするかもしれませんよ』

最初に会ったときからずっと彼らは私を女性だと思っている。実際は結構な年齢のおじさんだと知れば、彼らはどういう反応を示すだろうか。それが楽しみで、少し怖くもあった。

『それは私も一緒ですよ』

深く考えず、チカさんが同意する。実際の彼女はきっと若い今どきの女性なのだろう。そんな彼女とこうして話しているのがなんだか悪いことをしているような気分になって、私は話題を変えることにした。

『当たり前なんですが、センカくん来ませんね』

『そうですね。高校生ですし、今頃はちょうど授業中でしょう』

そこで彼が高校生なのだと初めて知った。てっきりチカさんと同じでセンカくんも大学生なのだとばかり思っていた。この辺の高校生ということは、もしかしたら彼は娘と同じ高校なのかもしれない。そこまで考えて、頭を振った。その偶然は、偶然というには行きすぎている気がしたからだ。現実は小説よりも奇なりとは言うけれど、そんな奇な出来事がそうそう私の周りで起こるとは思えない。こうして広い世界で出会った二人が近所に住んでいただけでも、奇跡に近い確率なのに……

そう思っていると、私の背後から聞き慣れた声が聞こえてきた。

『こんにちは！　二人とも来ていたんですね！』

その声に振り返ると、そこには先ほどまで話題の中にいたセンカくんがいた。声も顔もいつも通りだが、遭遇した時間帯と明るすぎるその語尾に私とチカさんは首を捻った。

『二人がいて良かったです！　なんかこう、誰かと話していたい気分だったので！』

『学校は？　今日休みじゃないよね？』

確かめるようにチカさんが尋ねる。その問いにセンカくんは苦笑いを浮かべた。

『ちょっと寂しくなって、早退しちゃいました』

『寂しく……？』

寂しいという感情と私の知っているセンカくんは、なんとなく合わない気がした。明るくて元気な彼は学校でも人気者で、友人も沢山いるのだろうと勝手に想像していたからだ。

『何かあったんですか？』

『そんな大したことがあったわけじゃないんですよ！　なので、気にしないでください！　家族も心配するので、明日からはまた普通に学校に行きますし』

殊更《ことさら》明るくそう言って、センカくんは笑う。その頑《かたく》なな様子がどこか娘に似ている気がした。娘もいまだに学校を休みたがっていた理由を教えてくれない。

『こういう場ですし、話ぐらいなら聞きますよ』

まるで最初に出会ったときとは逆の立場で、私はそう口にする。彼の前に座り込むと、チカさんも同じように隣に腰を下ろしてくれた。

そんな私たちを交互に見下ろして、センカくんは困ったように笑った。

『もう、二人にはかなわないなぁ』

センカくんはぽつりぽつりと話し始めた。それは別段驚くような内容ではないし、私まで思わず涙ぐんでしまうという類の話ではなかったが、聞いているうちに切《せつ》なさが込み上げてくるような、そんな話だった。いろいろ脱線して、紆余曲折《うよきょくせつ》した彼の話を一言で纏《まと》めるなら『友人関係がうまくいっていない』だ。

どうやら彼は高校に入ったぐらいの頃から友人ができなくて悩んでいたらしい。中学生や小学生の頃は何も考えずに形成できていた人間関係が高校という新しいステージに立ったことにより形成できなくなってしまったというのだ。

考えてみればそういう人は多いのかもしれない。小学校と中学校は義務教育で、人間関係もそのまま持ち上がりだが、高校は入学するときに一度人間関係がバラバラになるのだ。

チカさんはセンカくんのその告白に、いつもより低い声を出す。

『センカくんいつも明るいから、そんな悩みがあったなんて思わなかったよ』

『イジメられているわけじゃないんですけど、先生が「二人組作ってくださーい！」とか言い出すと、辛《つら》いものがありますよね』

ぽつんと一人佇《たたず》むセンカくんの姿を想像して、胸が痛んだ。彼は笑顔の裏でこんな悩みを持っていたのか。

『まぁ、ここに来れば、チカさんもワンさんもいるから寂しくないんですけどね！』

わざと明るくそう言って、センカくんはおどけた態度をとる。そんな空元気にチカさんも心配そうに眉を寄せた。

『今、家にいるの？　家族に話してみたら？』

『家にはちょっと帰れない事情があるので、今は外でのんびり時間を潰しています。両親に話すのは恥ずかしいですよー！　話してどうこうなる問題じゃないですし』

『でも……』

『二人に聞いてもらえただけでも、すごくスッキリしました！　やっぱり持つべきものは友人ですね！』

無理をしているセンカくんの声が、なぜか娘と被《かぶ》った気がした。

『ふーん、高校のときの友達ね』

あのときの違和感が胸に蘇《よみがえ》ってくる。

……もしかして……

私はおもむろに立ち上がった。ＶＲゴーグルを外し、操作をタブレットに切り替える。寝室の窓から外を見れば、今にも泣き出しそうな厚くて黒い雲が空を覆っていた。

◆◇◆

「貴方、千夏がいないのっ！」

小さな娘と初めて喧嘩したその夜、彼女は部屋からいなくなってしまった。手作りの王冠と剣が入ったビニール袋だけが一緒になくなっていて、私たちはまるで弾丸のように家から飛び出した。念のためにと警察に連絡を入れて、私と妻は血眼《ちまなこ》になって娘を探す。街中の至る所を探し回るが、彼女の小さな姿はどこにも見当たらなかった。見つけたら連絡をすると言っていた警察からも何の反応もない。

私は自身が疲れていたことも忘れて、全力で探し回った。あんなに可愛い娘なのだ。もし変な人間にでも見つかってしまえば、拐《かどわ》かされてしまうかもしれない。もう会えないかもしれないという恐怖に呼吸を詰まらせながら、それでも頭は冷静に娘がどこに行ったのか考えを巡らせていた。

その日の夜は長かった。一秒が一分、一分が一時間に感じられる感覚の中で、私は自身の身体が思ったように動かないことに苛立《いらだ》ちを感じていた。精神よりも体力のほうが先に限界が来て、私は肩で息をしながら街を彷徨《さまよ》う。

小さな子供の足だからそこまで遠くには行っていないはずなのに、娘は一向《いっこう》に見つからない。私はもう一度家の周りを探そうと、その日何度も探した公園へと立ち寄った。

「千夏ー!!」

近所迷惑など考えず、私は大声でそう呼びかけた。しかし、やはり反応はない。何度も探したのだから公園になんているはずがないと、踵《きびす》を返したそのときだった。ふいに、以前娘を公園に連れて行ったときの記憶が蘇《よみがえ》ってきた。

『ここ、ひみつきちなんだよ！　おかーさんには内緒ね？』

積み重なった遊具の一番上にある土管のような遊び場。そこを彼女は秘密基地と言って大切にしていた。

遊具を見上げる。そこには何の気配もなかったけれど、私は何か予感めいたものを感じてしまっていた。ゆっくりとした足取りでその遊具を登り、そっと土管の中を覗く。

「千夏っ！」

そこに娘はいた。彼女は小さく丸くなったまま、静かに寝息を立てている。その身体は夜風に当たったためか少しだけ冷たくなっていたけれど、確かに感じた温かさに私は胸を詰まらせた。

なぜ、こんなことを思い出したのだろうか。私はタブレット片手にフラフラと公園のほうまで歩いてきていた。今にも降り出しそうな曇天《どんてん》の下で遊ぶ子は誰もいなくて、ただだっ広い公園が更に広く感じられた。画面の中では三つのアバターが他愛もない会話を繰り返している。耳に付けたイヤホンマイクで私も会話に参加しながら、十二、三年前と同じように土管を見上げた。そこには誰かいた。小さな子供のような影ではない。比較的大きな影だった。

まさかな、そんな小さな予感と共に私は遊具を登った。途中まで登ったところで、土管の中から声が聞こえてくる。本人はそんなに大きな声を出しているつもりはないのだろうが、土管の反響効果で、その声は私の元に届いていた。

どうにも聞き覚えのある声が私の耳朶を二度打つ。

「ほんと最近、天気悪いですよねー」

『ほんと最近、天気悪いですよねー』

少しだけずれて耳に届くその声は、センカくんのものであり、同時に……

「千夏っ⁉」

『千夏っ⁉』

「へ？　お父さん？」

『へ？　お父さん？』

娘のものでもあった。

◆◇◆

十二、三年前、娘を見つけたあと、私は土管の中で娘を叱りつけた。もうこんな危ない真似はしないでくれと懇願《こんがん》もした。しかしそのあと、走って来た妻に「元をたどれば、原因は貴方でしょう⁉」と今度は私が叱られた。

思い返してみれば、あの頃から私達には言葉が足りなかった。

娘が寝静まったあと、私は妻からあの剣と王冠のことを聞いた。あれは娘が私に劇を見せてくれようとして作ったものらしい。

前年の幼稚園の劇、娘は主役だった。私は仕事でその劇を見ることができなかったのだが、帰ってから娘に「千夏の劇、見たかったなぁ」と零したそうだ。私はまったく覚えてないのだが、娘はその願いを叶えてくれようと準備をしてくれていたらしい。

朝から一生懸命準備をして、私の帰りを今や遅しと待っていたのだと聞かされたら、もうそこには愛しさしか生まれなかった。頭ごなしに彼女のことを叱りつけた自分を殴ってやりたくもなった。

そして現在、なんの運命の巡り合わせか、私は土管の中で娘に叱られていた。

「サイッテー‼　なんでこういうことするかな⁉　【TOY-BOX】にまで潜り込んで、女のふりして私に近づくなんてっ‼」

「いや、それは本当に偶然というか……」

「偶然のはずないでしょ！　あんな広い世界で、約束もしていない親子が出会うなんてどんな確率よっ！」

確かにそれもそうだ。偶然にしても行きすぎている。

私は娘に頭を下げながら、これまでのことを思い出していた。そして数秒もしないうちに頭を抱えてしまう。

「アイツ……」

頭に浮かんだのはにやにやと笑う妻の姿だった。唯一彼女だけがこの状態を作り出せる。結局、私たちは本当に妻の手のひらで踊らされていたということなのだろう。

三人の中でただ一人この場にいないチカさんは、私たちの会話をマイク越しで聞いていたようで、『まさかとは思っていたけど、やっぱりそうなんだー……』と困ったような、呆れたような、声を出していた。

「信じらんないっ！　ストーカーだよ！　ストーカー!!　最近、ちょっと見直してきてたっていうのにっ！」

「すまん。でも、まさかお前が男のアバターだとは思わなくてだな。本当にさっきまで、センカくんがお前だとは……」

「私だってお父さんがネカマだとは思わなかったわよ！　大体、ワンさんのこと友達だと思ったからなんでも話せたのに！　ワンさんがお父さんなら、もういろいろ話せないじゃん!! バカなこと言って騒げないじゃんっ!!」

全ての怒りを内包《ないほう》したような声が土管に響く、その耳を劈《つんざ》く声量に私の堪忍袋《かんにんぶくろ》の緒《お》も切れてしまった。

「なんでも話せばいいだろうがっ! お前は人に説教は垂《た》れる癖に、自分では実行できないのかっ!!」

「お父さんがそんな性格だから、私が言いたいことも言えないのよっ!!」

「お前だって、似たようなもんだろうがっ!!」

互いにそう怒鳴り合い、睨み合う。そんな険悪な雰囲気を中断させたのは、聞きなれた電子音声だった。

『あの、とりあえずもう帰ったほうがいいかもしれませんよ。雨降りそうですし……』

チカさんのその声に私は空を見上げる。確かに空は今にも泣き出しそうなほどに黒々しい。私達は互いに目を見合わせると、とりあえず土管から出ようとした。

その瞬間、まるでバケツの水をひっくり返したような雨が私たちを襲った。幸いなことに土管から出る前だったので濡れはしなかったが、私たちは雨によって土管に留まらざる負えなくなってしまった。

「なんで傘持ってきてないのよ。こんなに曇っているんだから雨が降ることぐらいわかるじゃない！」

「それはお前だって一緒だろうが！　大体、心配させるからいけないんだ。あのときだってそうだ！　俺は心配して街中を走り回っていたのに、お前はこの土管の中ですやすやと寝ていたんだからな！」

「あのときっていつの話をしてるのよ。もう何年も前のことでしょう？　それにあれは、お父さんが帰ってくるのが遅かったからいけないんじゃない！」

「劇を見てほしいなら最初からそう言えばいいだろうが」

「お父さんだって仕事で遅くなるならそう言ってくれれば良かったのよ」

「あれは急に入ったトラブル対応で……」

気がつけば私たちは、土管の中で膝を突き合わせたまま、向かい合わせで怒鳴り合っていた。雨は次第に弱くなっていたが、私たちはそのことにさえも気づかない。空気を読んだのか、チカさんもいつの間にかログアウトしてしまっていた。

私たちの怒鳴り合いは雨脚に比例するように、ただの話し合いになっていく。

「学校で孤立することはよくあることだ。俺にだって経験がないわけじゃない」

「そうなの？」

「俺は中学生のときだったけどな。そのときのクラスのリーダーみたいなやつに逆らったら卒業までハブられた」

「……なんかお父さんらしいかも」

噴き出すように娘が笑う。その笑顔に私も思わず表情を緩めた。

「あのさ……心配してくれたのは嬉しかったよ」

「ん？」

「小さいときも、今も、心配してくれてありがとうね……」

言葉尻を小さくしながら娘はそう言う。恥ずかしさで顔を逸らしているのが、なんとも微笑ましい。そんなことを思っている私も実は照れていて、同じように顔を背《そむ》けながら咳払いを一つした。

「……親が子供を心配するのは当たり前だろう」

「ん」

娘が小さく返事をしたあと、静かな沈黙が下りた。土管に当たる雨の音がやけに大きく聞こえる。私達は黙ったままその音を聞いていた。

それから数分後、いつまでも帰らない私たちを心配して探しに来た妻と一緒に、私たちは家路についたのだった。

それから数日後、チカさんこと本名・近藤《こんどう》君にも会う機会があった。それは娘のバイト先である喫茶店に訪れたときだ。小さな喫茶店なのでホールスタッフは三人だけしか雇ってなく、ウェイトレスは娘だけだった。つまり、あとの二人はウエイターである。そう、女性だと思っていたチカさんは男だったのだ。結局のところ、三人が三人とも実際の性別とは別のアバターを使っていたのだ。

　そして、チカさんの言っていた『気になる子』というのが娘だというのも、なんとなく察した。むしろあの態度でわからないほうがどうかしているだろう。娘もまんざらでもなさそうなので、大変腹立たしいが、ここはあえて見守る方針で行くことにした。あの誠実で優しいチカさんが《不真面目な男》ならば、反対する気も失せるというものだ。

　そうそう、私たちの話だが、あの一件から私たちの仲は改善した。いや、好転したと言ってもいいかもしれない。ただ単に、娘の反抗期が終わっただけかもしれないが、私たちは以前に増してよく話すようになった。そのほとんどが他愛ない会話だが、それが大切なのだと、私はあの出来事で気がつくことができた。

　この出来事の黒幕はやはり妻だった。というか、彼女しか考えられない。しかし、問いただしても妻は「偶然ってすごいわねぇ」と白々しい笑みを浮かべるだけで、真相を教えてくれようとはしなかった。あくまでも私たち二人の力で解決した、そういうことにしたいのだろう。

『娘に彼氏ができる確率』？

もう、そんなものは怖くて調べられやしない。最近、近藤君と出かけることが多くなった娘の様子を見れば、そんなシステムに頼らなくても結果はおのずと知れてくるというものだ。

「本当に、貴方と千夏は似ているわね」

そう言う妻に、私は決まってこう返す。

「当たり前だろう。親子なんだから！」

私が一生独身の確率

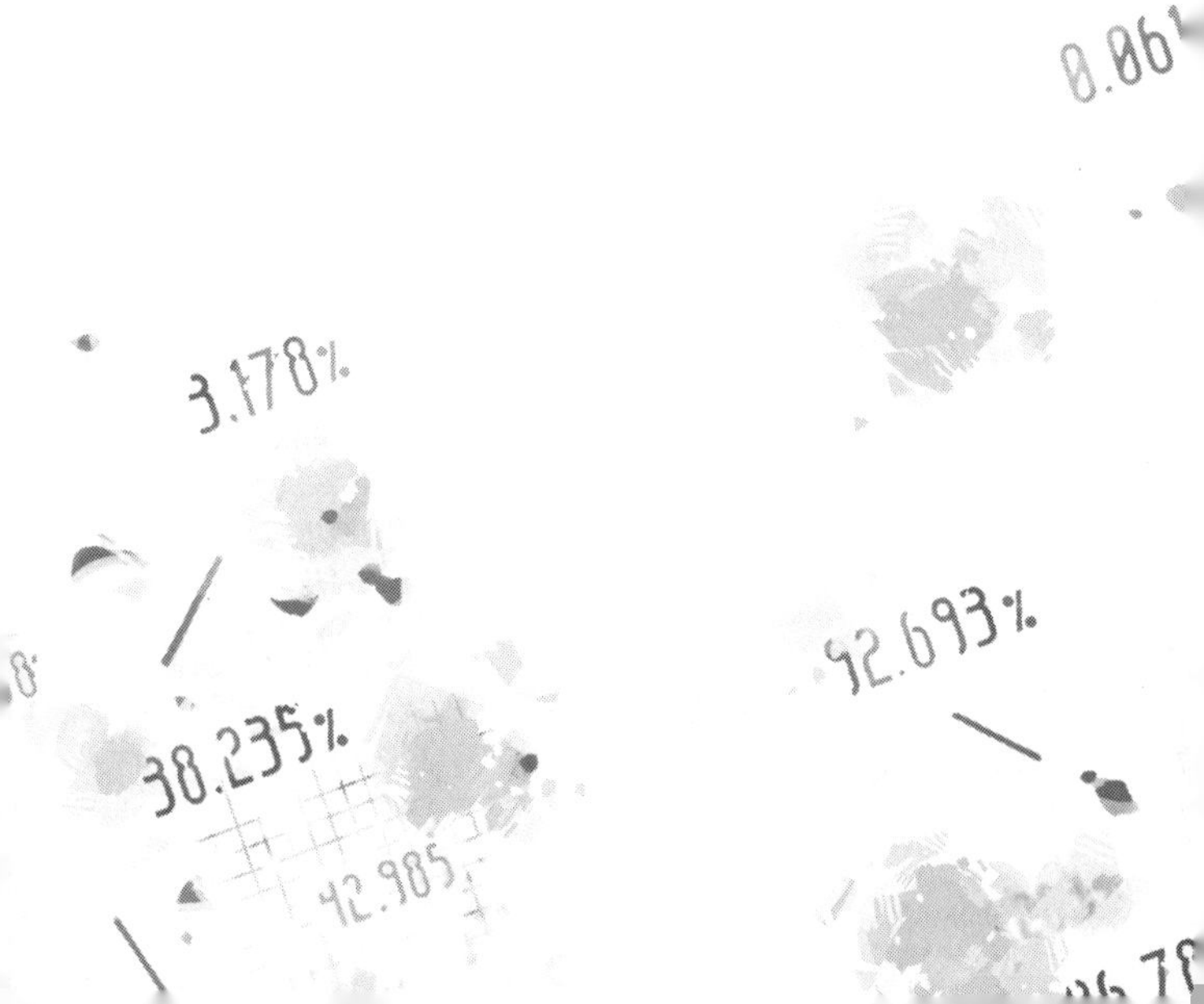

あれは、高校二年のある夏の日のことだった。

一度外に出れば汗が吹き出すような気温の中、私は通学のためにエアコンのよく効いた満員電車の中にいた。エアコンはよく効いているが、それ以上に人が密集しているので、それぞれが放つ熱のせいでやはり身体にはじっとりと汗が浮かぶ。

周りの人は携帯電話を弄《いじ》るか、本を読むか、音楽を聴くかぐらいしかしていないので、人が驚くぐらい密集していても車内は静かなものだった。時折《ときおり》学生たちが話す声が聞こえるが、音といえばそれぐらい。

だから、私のその声は予想以上に響き渡った。

「ちょっと、やめてくださいっ！」

私はそう叫びながら、自身の後ろにぴったりとくっついていた男の腕を振り払う。

男は振り払われた瞬間に、たたらを踏んで数歩後ろに下がった。その瞬間、私たちに視線が集まる。私はその人を睨《にら》みつけると、開けかけていた制服のスカートを急いで正した。

男は痴漢だった。しかも初犯ではない。私はその日までに一ヶ月ほど、彼に身体を触られ続けていたのだ。

最初の日はよくわからなかった。ただ単に手が当たっただけだろうと見過ごしていた。しかし、二日目、三日目、と同じ男がぴったりと後ろについて身体を撫《な》でてくるものだから、さすがに怖くなった。一週間に三日ぐらいの頻度《ひんど》で男は私の後ろに現れる。それは乗る車両を変えても相変わらず続いた。

その日も男は私の後ろに、なんてことない顔をして乗ってきた。見かけだけなら普通のサラリーマンだ。しかし、電車が動き出した瞬間、男はいつものように身体同士を密着するように合わせてくる。そうして、手が伸びてきた瞬間、私は叫んだのだ。


くるりと後ろを向けば、四十代ほどのサラリーマン風の男が目に入る。その人は私と目が合うと、満員の車内にもかかわらず大声を上げた。何を言っているのかもよくわからない声に、私は思わず耳を塞《ふさ》ぐ。

周りの大人は何が起こったのかよくわかっていないようで、私とその男性を交互に見て困った顔をしていた。時には私に迷惑そうな目を向ける人さえもいた。痴漢なのだと理解してくれた人も中にはいただろう。けれど、私を助けようと車内で怒鳴り上げる暴漢に立ち向かってくれる人は、一人もいなかった。

私は自身の選択を後悔した。触られているままのほうが良いとは思えないが、黙って逃げるとか、振り払うだけに留《とど》めるとか、そういう解決方法もあったのだ。私は少しの正義感と彼に対する復讐心で声を上げた。きっと、それが良くなかったのだ。

その男は周りの視線に気がついてか、更にテンションを上げていく。そうして、何を思ったのか私に手を振り上げた。

咄嗟《とっさ》に私は目をつぶった。怖いというよりは反射的に。

その瞬間、車内に響き渡る乾いた音。見事に平手打ちが決まったというような小気味のいい音だった。せめてもの救いは拳《こぶし》じゃなかったことだろう。

しかし、私の身には何も起こらなかった。身構えていた痛みも衝撃も、いくら待ってもやってこない。そのまま電車は駅に滑《すべ》り込み、私が瞳を開けると同時に扉が開いた。男は焦《あせ》ったように飛び出していき、私はただ茫然《ぼうぜん》とその後ろ姿を見つめるだけだった。

周りの人も私を迷惑そうによけながら電車を降りていく。それは、まるで何もなかったかのよう、もしくは、ただ私が一人で騒いだあとのような気まずさを私に残していった。

「大丈夫だった？」

私はその声に初めて顔を上げた。そこには一人のスーツ姿の男性。彼の頬《は》は赤く腫れ上がっていて、唇の端には血が滲《にじ》んでいた。私はそれを見て、初めて彼が私を助けてくれたのだと理解した。

「あ、あの、ありがとうございます！」

ポケットに入っていたティッシュケースをそのまま差し出しながらお礼を言う。彼はそれを受け取りながら、じんわりと内臓に響くような声を響かせた。

「うん。でも、あの人逃がしちゃってごめんね。もう何もないと思うけど、警察か駅員さんには一応言っておいたほうがいいかもね」

「あ、はい……」

「それにしても、怖かったね」

私の下げた頭を彼の大きな手がゆっくりと撫でる。その手のひらの重みと確かな体温が、私の強張《こわば》っていた身体を解《と》きほぐしてくれるようだった。私が視線を上げると、彼はゆったりと笑って手を引っ込めた。その手首に青黒い痣《あざ》を見つけて私は目を見張る。その視線に気づいたのか、彼はふっと表情を緩めて「これは生まれたときからあるやつだから大丈夫だよ」と優しく笑ってくれた。めくってくれた袖《そで》の奥には、確かに円が四つ合わさったような歪《いびつ》な痣がある。

「あぁ、女の子に見せるようなものじゃなかったね」

「なんだか、四葉のクローバーみたいですね」

私がたどたどしくそう言うと、彼は少しだけ嬉しそうに「それなら大事にしなくっちゃ駄目だね」と笑ってくれた。

彼は結局、私が駅員や警察官に事情を説明している間中、ずっと一緒にいてくれた。

私が学校に遅れているのだから、彼だって会社に行かなくてはいけない時間はとうの昔に過ぎているはずだ。しかし、彼は嫌な顔一つ見せずに、むしろ私を気遣《きづか》うように、ずっと傍《そば》にいてくれた。私はそれが恥ずかしいやら、ありがたいやらで、顔を上げることができなかった。

「それじゃ、気をつけてね」

全てが終わったあと、彼はそんな呆気ない挨拶《あいさつ》で私に背を向けた。お礼を求めることも、ましてや金品などを求めることもしないその様は、まるでそうすることが当たり前だと思っているかのようで、見ていて尊敬するほどだった。

会社から電話がかかってきたのか、慌てたように電話を取る後ろ姿を見送りながら、私はほぉっと息をつく。頬に手を当てると、いつもより熱を持っている気がした。

今から思えば、アレが私の初恋だった。

まるで物語の世界から抜け出したような彼との出会いは、私に凄《すさ》まじい衝撃を与えてくれた。青春、思春期、真っ盛りだったあの頃の私からしてみれば惚《ほ》れないほうがおかしい出会いだったのかもしれない。

私はその翌日から彼を探し始めた。通学中に助けてもらったものだから、通学中はより重点的に、下校するときも必ず駅のホームと車両の中はくまなく探した。しかし、名前も告げずに去って行った初恋の彼との再会は、結局のところ叶《かな》わなかったのである。あの日たまたま同じ電車に乗っただけなのか、それとも違う県から来た人なのか、それさえもわからない。

半年を過ぎる頃には、彼を探すことも再会することも諦めてしまったけれど、あの初恋はそれからも私の中で『人生で一番素敵だった思い出』として胸の中で輝き続けた。

そして、それから時は流れて――私は二十九歳になった。

◆◇◆

シェアハウス用に建てられた一軒家のリビングで、私は大学生時代からの友人である美香《みか》と、このシェアハウスで知り合った花音《かのん》ちゃんと一緒に大きなダイニングテーブルを囲んでいた。

机の上には数本の缶ビールと、コンビニで買ってきた酒のアテが並んでいる。

現在、時刻は二十一時。私達はいつものように夕食後の晩酌《ばんしゃく》を楽しんでいた。

『私が一生独身の確率』

花音ちゃんは時計型のウェアラブル端末に、私と美香は自身の携帯電話に、まったくまったく同じ文字の羅列《られつ》を打ち込んで、互いに顔を見合わせた。

今から私たちは自身の未来予測をするのである。

操作は簡単だが、結構な確率で的中するその【未来予測システム】に『私が一生独身の確率』なんて文字を入れるのは相当に勇気がいる行為だ。特に三十路《みそじ》手前の私からしてみれば、バンジージャンプを飛ぶときぐらいの勇気が必要だった。まぁ、飛んだことはないのだけれど……

「なんだかドキドキするわね」

「ねぇ、嫌ならやめない？　三十路手前でこういう現実直視したくないんだけど……」

「二人とも何ビビってるんですか！　せーの、でいきますよー！」

せーの、という花音ちゃんの掛け声とともに、同時にスタートボタンを押す。

『59・368％』
『64・829％』
『77・812％』

そうして出てきた三つの数字に、私たちは息をのんだ。ちなみに、右から花音ちゃん、美香、私の順である。

「えぇぇぇぇ⁉　なんで私が59％もあるんですか！」

「私なんて64％よ⁉　これ、壊れてるんじゃない？」

「……77％とか……」

三者三様の反応を見せたあと、私たちはしばらく押し黙った。じっとりと水分を含んだような重い沈黙が広いリビングに漂う。そんな纏《まと》わりつくような沈黙を破ったのは、美香の困惑するような声だった。

「……やっぱり壊れてるわよ、コレ。少なくとも私のは絶対に壊れてる！　64％の確率で一生独身とか、ないない！　葵《あおい》と花音はわかるにしても、私は絶対にない！」

どうやら彼女は結果がお気に召さないらしい。それはそうだろう。美香は控えめに言って、かなりの美人の類《たぐい》だ。女性からは嫉妬《しっと》され、男性からは好かれるような、そんな羨《うらや》ましい容姿をしている。長い手足もさることながら、彼女のプロポーションはもうほとんど女優のそれだ。

美香は私よりも誕生日が早いのでもう三十路に足を突っ込んでいるはずなのだが、彼女の見た目は二十代前半と言われても信じてしまうほどだった。若造りというよりは、年齢不詳。美人だからそれでいいを地で行ってしまうような子だった。

そんな彼女は大学生時代から毎週のように合コンにいそしんでいる。最近ではパイロットや医者なんかとも飲むようになったようで、相当に見る目が肥えてしまったらしい。

「えぇぇ⁉ ひどいですよ美香さん！ それなら、カノンのだって壊れてますって！美香さんの確率が高いのは、理想が高過ぎるのが原因なんじゃないですかー⁉」

そんな非難めいた声を出すのは、五つ年下の花音ちゃんだ。

ふわふわとした見た目の雰囲気とは反対に割と毒舌《どくぜつ》な彼女は、実は相当なアイドルオタクだったりする。自分が好きなアイドルはもちろんのこと、デビューしてないアイドルの卵までもチェックを欠かさず、ライブの時期になると仕事を休んでまで追っかけをしているらしい。

彼女いわく、『仕事をするための気力をアイドルからもらっているので、仕事で得た金銭をアイドルに還元するのは当然の行為』だ、そうだ。

私は花音ちゃんの声に同意するように一つ頷《うなず》いた。

「確かに、美香って昔から無駄に理想が高いよね……。確か、相手に求める年収が一千万とかだっけ？」

「何年前の話よそれ。今は二千万よ」

「にせんまん!?」

ひっくり返ったような声を上げるのは花音ちゃんだ。私もあんぐりと口を開けたまま動けなくなっている。

「一生を左右することなんだから、理想は高く持って当然でしょう？　変なところで妥協して、あとで後悔するのは私なんだから！」

「それにしても二千万は要求し過ぎじゃないですか!?」

それだけの理想を胸に抱えた状態で64％とは、逆に低い数字ではないのだろうか。

私としては「さすが美香！」と賞賛したい気持ちでいっぱいだ。

しかし、美香は『要求し過ぎ』と言われたことが不服だったのか、口を尖《とが》らせながら隣の花音ちゃんを軽く小突いた。

「そういう花音ちゃんは外見ばっかりで男を選ぶから確率高いんじゃないの？」

「むー！　外見って大切じゃないですか!!　誰だって一緒にいるのは外見が整った人のほうほうがいいはずですよ！　木元拓也《きもとたくや》とまではいかなくても、Ｖ７の岡本《おかもと》くんぐらいのクオリティーは求めたいですね！」

「どこにいるのよ、そんなヤツ！」

結婚相手の容姿にトップアイドルを求める花音ちゃんも、なかなかの強者《つわもの》である。

「まぁまぁ、二人とも……」

お酒の力も借りてか、言い合いが始まってしまった目の前の二人をなだめながら、私は自分の確率を見直した。


『77・812％』


その数字は何度見返しても変わらない。

年収二千万を求める美香より、アイドルのような容姿を探す花音ちゃんより、私の確率が高いのはなぜだろう。理想はそんなに高いつもりはないのだが……

「っていうか、アンタの確率が高いのっていまだに初恋の彼とやらが忘れられないからじゃないの？ ほら、大学生の頃はそのせいで告《コク》ってきた男の人断ってたし！」

「別にそういうわけじゃないって！ それに、断ったのも一回だけでしょう？ それも別に初恋のせいとかじゃないし……」

「えー！ 初恋の彼ってなんですかー？」

花音ちゃんの嬉々《きき》とした声に私は顔をひきつらせた。別に秘密にしているわけじゃないけれど、十六歳の初恋をいまだに引きずっている痛い女という風には見られたくない。

　そんな私の思いをよそに、美香はにやにやとした笑みを花音ちゃんに向けた。

「私も葵が酔い潰《つぶ》れたときに少し聞いた話なんだけどね……」

「ちょっと！」

　私が止める間もなく、美香は花音ちゃんに詳細《しょうさい》を話していく。その話には尾ひれも背びれも、色もついていたけれど、おおよその本筋は一緒だったので、私も口をはさむようなことはしなかった。

「……で、葵は『これが運命の人だー！』とか思っちゃったんでしょ？」

「……そこまでじゃないけど……」

　眉間《みけん》に皺《しわ》を寄せながらそう言えば、花音ちゃんは腕を組んだまま神妙な面持《おもも》ちで二つ頷いた。

「ほうほう、それから葵さんは初恋の人を追いかけているというわけですか！」

「違うわよ！　確かに素敵な人だったけれど、それ以来会ってないし……」

「でも無意識に、他の男性と初恋の彼さんを比べたり？」

「顔もあんまり覚えてないんだから、比べられるわけないでしょう！」

　そう言いながらも私は内心ドギマギしていた。確かに他の男の人と、顔もおぼろげにしか覚えていない初恋の彼を比べたことなんてない。比べたことなんてないが、他の男性と話をしているときにまったく思い出さなかったわけでもない。ちらついて離れないというわけではなかったけれどふっと過《よ》ぎるようなことは何回もあった。

「まったく葵さんは！　夢ばかり見ていたらダメですよ！　ちゃんと現実を見ないと！」

私の否定をまったく聞いていなかった花音ちゃんは、そう言いながら私に人差し指を向ける。その向けられた人差し指を退かせながら私は口を尖らせた。

「それ、花音ちゃんが言う？　花音ちゃんだってアイドル追いかけているじゃない」

「私はいいんですー。ちゃんと夢と現実を区別していますし、ラブラブな彼氏だっていますもん」

「でも、その彼氏って働いてないんでしょ？　向こうの家賃も花音が払ってあげてるとか……」

「カノンは、お金より愛を取る素敵女子なんですー」

頬を膨らませぷりぷりと怒る花音ちゃんは、まるで小動物のようで可愛らしい。膨《ふく》れたそんな花音ちゃんの膨れた頬を、美香はニヤニヤと笑いながら人差し指で潰す。

「『愛』とか言っちゃって、本当は顔がいいだけなんでしょ？　それに、愛があってもお金がないと生きていけないわよ」

「むー、確かにタケ君はかっこいいですけどー。そういう美香さんは合コンばっかり行って、いい男見つけられてないじゃないですかー」

「いいのよ。私はまだ吟味《ぎんみ》中なんだから！　それにまだまだ現役でモテるしね。焦《あせ》る必要がないの」

「美香のその自信、一体どこから来るのよ。確かに三十代には見えないけどさ……」

部屋着姿でノーメイクにもかかわらず、美香は綺麗だ。正直、この埋めがたいスペックの差は、羨ましくも妬《ねた》ましくもある。

「でしょー？」

当然の賛辞だというように、美香はにっこりと笑う。そうして、私に枝豆のさやを向けながら説教じみた声色《こわいろ》を出した。

「まぁ、でも、花音じゃないけど、葵もちゃんと現実見なよ！　初恋の彼は現れないし、年齢も三十路手前！　更には『一生独身の確率』が77％！　正直、焦らないと嫁《い》き遅れるわよ！」

「嫁き遅れとか……」

正直、耳に痛い言葉だった。

同じ年齢で独身なのにもかかわらず、美香はまるで自分には関係のない話というような顔をしている。

「……というか、結婚って憧れますよねー。どんなウエディングドレス着ようか、今から悩んじゃいますもん！」

まだ焦る必要のない花音ちゃんは、うっとりとそんなことを言う。その言葉に美香もしっかりと頷いた。

「そうねー。詩織《しおり》も結婚したし、私もそろそろ良い落としどころ見つけないと……」

「え⁉ 詩織、結婚したの⁉」

美香の思いも寄らない報告に、私は両手を机に叩きつけながら身を乗り出した。そのあまりの衝撃に、机の上のさきいかが少し跳ねる。

詩織というのは私と美香の大学生時代の友人である。今はどうだか知らないが、当時の彼女はどちらかといえばおとなしめな子だった。昔から何をするにも派手だった美香よりも、彼女が先に結婚するなんて想像だにしなかった事態である。

「したわよ。一年ぐらい前かな」

「いつの間に……。まぁ、詩織って昔から奥手なだけで可愛かったからねー」

「そうそう。付き合ったらあっという間だったわよー。綾《あや》も結婚するって言っていたから、今年はご祝儀貧乏になりそうだわ」

私はその言葉に冷や汗を浮かべた。なんだか一人だけ取り残されていく気分である。みんなが乗っている電車に一人だけ乗れない焦りみたいなものが胸の奥からせりあがってくる。

今時、三十代独身の女性なんて、珍しくもなんともない。生涯未婚率も右肩上がりだし、結婚なんてしなくても幸せになれる世の中だ。けれど、胸の中に住む誰かが『このままで良いのか？』と私を問いただす。

そういえば、かつての人生計画では三十歳で子供が二人ぐらいいたはずだ。


「……結婚か……」

そんな呟《つぶや》きがポロリと零《こぼ》れた。

◆◇◆

『初恋の人に再会できる確率』

自室に帰った私は、気がつけばそんなものを調べていた。

なぜそんなものを調べようと思ったのか、それはわからない。それはもしかしたら、胸の奥底で眠っていた初恋の人への未練から来た行動だったのかもしれないし、もしかしたら彼に会えるんじゃないかという僅かな希望を断ち切るための行動だったのかもしれない。

自分の行動の根底にあるものが理解できないまま、私は『初恋の人の情報』の欄を可能な限り埋めていく。彼の年齢は大まかにしかわからないし、身長も体型もぼんやりとしている。名前なんて私が知りたいぐらいである。いろいろな質問に答えられない代わりに、私は出会ったときの情報と、何年前のどこでの出来事なのかはしっかり入力した。そうして、全て入力し終えると私は少しためらったあと、ゆっくりと『START』を押す。

『0・568％』

そうして出てきた数字を胸に抱いて、私は仰向けになり天井を仰いだ。

「やっぱりか……」

わかっていたことだったけれど、その数字はあまりにも決定的で、私は肺の空気を全て吐き出すとゆっくりと瞳を閉じた。

◆◇◆

数日後、私はある雑居ビルをじっと見上げていた。建物の横につり下がっている看板には『素敵な出会いをアナタに』の文字。

そう、私は結婚相談所に来ていた。

「とうとうここに来てしまったか……」

思わず漏れた心の声に私は一人落ち込んだ。結婚相談所が悪いところではないというのはわかるのだが、やはり結婚相手との出会いに業者が入るというのは抵抗がある。初恋の人と街でばったり再会したい、だなんて贅沢《ぜいたく》は言わないけれど、友人の紹介や、職場の同僚と……ぐらいなら期待してもいいと思うのだ。

私はもう一度結婚相談所の入っている雑居ビルを見上げる。

知らず知らずのうちに、本日何度目かわからない溜息が口から漏れた。

「それでは、これに記入をお願いします」

そうして受付の人に渡された紙には、自分の情報の他に、結婚相手に求めるものを書く欄が設《もう》けられていた。年収や趣味、相手の性格はまだわかるとして……

「体型とか、頭髪とかの項目もあるんだ……」

花音ちゃんではないが、外見は確かに重要だ。それはわかる。あまり面食いではない私でも、生理的に受け付けないという人はいる。ただ、ここまで明確に評価されるとなると、ここはつくづく機械的な場所なのだと実感する。

「あぁっ！ もう『好み』とか考えたことがないからわかんないわよっ！」

半ばやけくそにその紙の欄を埋め、私は疲れ切った顔でその紙を提出する。すると、次に待ち構えていたのは面接だった。こうなれば就職試験となんら変わらない様相を呈《てい》してくる。いや、正確には商品か……。目の前にいる彼らにとって私はただの商品にすぎないのだろう。

面接の最後に、ようやくマッチング相手が告げられる時が来た。その相手の決め方はとても変わっていた。

彼らが使っているのが、【未来予測システム】を使ったマッチングシステムだった。【未来予測システム】によって、あらゆる角度から相手と自分の相性を算出し、互いに結婚して上手くいく確率が高い上位四人の連絡先を教えてくれる。そこから先は互いに連絡を取り合い、交流を深めていくという形だ。

最初に紹介された四人が合わなければ、別料金を払いまた四人を紹介してもらう。そうして結婚しても良いと思える相手が見つかるまでマッチングを繰り返すのだ。

私は最初の四人のプロフィールを貰《もら》い、なんだかどっと疲れた気分で家路についたのだった。

◆◇◆

結婚相談所に行った翌週、私は紹介された男性と会うことになった。

そうして待ち合わせ場所に現れたのは、きっちりとスーツを着こなした知的そうな男性だった。切れ長の目がいかにもやり手そうなオーラを出している。

結婚相談所から貰った資料によると、彼は弁護士事務所を経営している四十二歳、とのことだった。一回り以上も離れているのに、精力的と言うか、バイタリティー溢《あふ》れているというか。年齢を感じさせないその様子は、とても魅力的だった。

ちなみに彼との相性は85％らしい。

私は目の前で「初めまして」と笑う彼に頬を染めながら、結婚相談所も案外悪くないな、と考えを改めるのだった。

しかし……

「あ、すみません。この三十年もののブルゴーニュを……」

「はい、かしこまりました」

連れて行かれたレストランで、彼はなんの躊躇《ちゅうちょ》もなく見たことがない値段のワインを頼む。出てくる料理もどれも食べたことがないほどの高級料理で、庶民である私は大いに戸惑った。事前の連絡にてドレスコードを指定されていたのである程度は覚悟していたのだが、ここまでとは正直引いてしまうほどだ。

「あのぉ……、私持ち合わせとか、そんなになくて……」

こんな店で割り勘などと言われたら、二、三ヶ月の生活費が飛んでしまう自信がある。私が申し訳なさげにそう言うと、彼は笑いながら軽く手を握ってきた。

「大丈夫ですよ。ここは持ちますから！」

「いや、それは悪いんで少しぐらいは出します」

やんわりと手をふりほどきながらそう言うと、彼は更に笑みを強くしながら身を寄せてきた。

「葵さんは素敵な女性ですね」

「は、はぁ……」

その猫なで声に、ぞわりと背筋が震えた。しかし、彼はそんな私の様子に気づくこともなく、しっとりとした声で私に耳打ちをする。

「このあと、もう一軒いかがですか？　良いところを知っているんです」

彼は微笑みを浮かべながら、自信満々にそう聞いてきた。私が断るとは露ほどにも思っていない声色《こわいろ》だ。

私はそれに「すみません。今日はちょっと……」とだけ返し、食事だけ済ませてそそくさと退場したのだった。

◆◇◆

「いやいや、その人いいじゃん！　お金持ちで優しくて、気前もいいんでしょ？　なんで断ったのよ」

それから数日後の晩酌中、美香は私の話を聞いてそう声を上げた。その顔にははっきりと【もったいない】と書いてある。

私はその気迫にたじろぎながら、纏まりきらない思いを口にした。

「気前が良いというか……豪遊してるっていうか……。正直ついて行けないんだよね。私、別にファミレスとかでも満足できる人間だし。金銭感覚が合わないって感じなのかな……」

「でも、せっかくのデートだから頑張ってくれただけかもしれないですよー！　まぁ、その年齢で、お金持ってて、独身って、なんかヤバイ香りがしますけど……」

「……確かにね」

花音ちゃんの言葉に美香も冷静さを取り戻したのか、椅子に深く腰掛けると腕を組んだ。

「それにー、話を聞いているとその人ってお金があれば女が靡《なび》くって勘違いしてる感じですよねー」

「でも、お金があるのは良いことじゃない」

「確かにお金があるのは良いことですけど、ソレをウリにするのはどうかと思いますよぉ。男なら正々堂々と身一つで勝負しないと！　具体的にはルックスで！」

なぜか花音ちゃんが自慢げに胸を叩き、それを見ていた美香は口を尖らせた。

「花音ってそればっかりよね。私だって見た目は良いに越したことはないけどさ。普通、そこまで重要視するもの？」

「何言っているんですか！　見た目が良い人は性格も良いんですよ！　かっこいい人や綺麗な人は、小さい頃から周りにちやほやされて生きてきたので、性格が歪《ゆが》んでないんです！　カノンの持論です！」

その持論が通るなら見た目が良い人以外は、少なからず性格が歪んでいるということになる。花音ちゃんから見たら、私なんか歪み過ぎていて原形をとどめていない人になるんじゃないだろうか。

「花音ちゃんって案外敵作りやすい性格しているわよね……」

少し引いた私に、花音ちゃんはまるでたった今思い出したかのように柏手を打った。

「あ、もちろん、美香さんみたいな例外もいますけど！」

「アンタが一番性格歪んでるわよっ！」

美香は両手で花音ちゃんの髪の毛をぐちゃぐちゃにかき混ぜる。花音ちゃんは「やめてくださいよぉ！」なんて言っているが、本当に困っているわけではなさそうだ。なんだかんだ言って、仲の良い二人である。

その喧嘩しているのか、じゃれているのか、よくわからない光景を見ながら私は溜息をついた。

「なんか、二人の話って両極端よね……」

「まぁ、こういうのって好みの問題だしね。私達がどうこう言ったって結局決めるのは葵なんだし、ゆっくり考えたら？　弁護士の彼、一応保留にしているんでしょう？」

花音ちゃんをいじるのをやめた美香が梅酒を傾けながらそう笑う。

「まだ一人目だしね。残りの人と会ってから最終的に決めようと思って……」

「ま、いい男に出会えるといいわね」

「応援しているので、また報告してくださいね！」

頼りになる二人の相談相手が同じようににっこりと笑う。私はそれに苦笑いで一つ頷いたのだった。

◆◇◆

そうして、それから一週間後。

次に会うことになった相性80％の彼は……

「……そうなんですね。ずずずっ！　葵さんって面白いですね！　ずずっ‼」

ペペロンチーノを箸《はし》で啜《すす》る男性だった。しかも、箸の持ち方も微妙に違っている。

更に言えば、食べ物を口に入れたまま話すので、クチャクチャという音がとてつもなく不快だ。優しくて、話も面白く、金銭感覚も合う男性なのだが、どうにも食事の仕方が雑、というか、汚い人だった。

パスタを蕎麦《そば》のように啜るものだから、上に載っている輪切りになった唐辛子が、度々私のほうにまで飛んでくる。さすがに、それには小さく悲鳴を上げそうになったが、なんとか笑顔を顔に貼り付けてやり過ごした。

別に食事のマナーから少しも外れるな、なんて言うつもりはないけれど、初対面の相手から「汚い」という言葉をかみ殺されるような食事の仕方はやめてほしかった。

「それ以外はいい人なんだけど……」

「無理」

「私も無理ですー」

私の言葉に、二人はほとんど同時にそう言った。美香は相当に嫌だったらしく、鳥肌まで立てている。

「食べ方が汚いこともちろん嫌だけど、それ以前に、一緒に食事に出かけられないってのが嫌。そんな食べ方なら、他の人にも見られるだろうし、一緒にいて恥ずかしいだけじゃない」

「ですよねー。千年の恋も冷めちゃいます！」

美香の言葉に花音ちゃんは大げさに同意を示した。その首の振り方は、アルコールで染まった赤い肌も相まって、まるで赤べこのようである。

「それに、食事の仕方と夜の生活って一緒らしいし、なんだかその人、夜のほうも相当に雑そうよね。ま、一人よがりよりはいいのかもしれないけど」

「きゃー！　美香さんのえっちー！」

そう言いながら頬に手を当てる花音ちゃんも、まんざらではない表情を浮かべている。もう付き合いも長いので美香の明け透《す》けのない物言いには慣れたつもりでいたけれど、さすがに自分がかかわってくる話となると恥ずかしいものがある。

「ちょっと、二人とも下品……」

そうやんわりと窘《たしな》めると、美香はアルコールで染め上げた頬を引き上げながら、上機嫌で私の肩を叩いた。

「まぁ、いいじゃん。女同士なんだし！　それよりも、次はいい男引き当てなさいよ！」

「引き当てるも何も……」

もう相手は決まっているのだ。私は頭の隅で残り二枚のプロフィールを思い出しながら嘆息した。

なんだかもう嫌な予感しかしない。

◆◇◆

そんな予感が的中したのか、相性72％である三人目の彼は……

「俺、高校生の時結構不良でさ、周りから怖がられてたんだよねー。その頃は女遊びも激しくて、結構やんちゃしてたよ。ほんと若気の至りってヤツ？」

「今やってるプロジェクト、結構大きいものなんだけど、俺その責任者になっちゃってさー！　もう忙しいのなんのって！　今日だって二時間しか寝れてなくて、マジ辛いわ！」

「芸能人のアゲハって知ってる？　俺の知り合いにさ、アゲハと友達のヤツがいるんだよね。だから、サインとか欲しいなら頼んであげるよ！」

………………

「……というように、大変自慢の多い男性でした」

「ウザい」

「痛いです」

「二人ともバッサリいくなー……」

二人が放つ言葉の刃の鋭さに、聞いている私までも怯《ひる》んでしまう。まぁ、確かに今回の男性はその場で「ごめんなさい」と頭を下げてしまうほどの逸材《いつざい》だったのだけれど、さすがにこの言われようは少しだけ同情したくもなってくる。

「大体、知り合いの友達に芸能人がいるってどんな自慢よ！　まったく本人関係ないし、知り合いにしても遠過ぎるわ！」

「信憑性も薄そうですよねー」

「あと、合コンとかでもよくあるんだけど、『昔は悪かった』自慢！　あれ、何⁉　昔やんちゃしていたとか、好感度的にはマイナスにしか働かないんだけど……」

「モテ自慢をする人もいますよねー。本当にモテる人って経験人数とか自分から言いませんよー」

言いたい放題の二人を眺めながら、私は酒を口に含んだ。椅子に浅く腰掛け、背中を丸めるようにして背もたれに寄りかかる。

なんだか、身体も心もいつもより重たい気がした。

「結婚相談所、もうやめようかな。紹介された人がまだあと一人が残っているから、その人に会ってからになるけど。正直、もう疲れたし……」

そんな弱気な発言に二人は微笑みながら頷いてくれる。

「まぁ、聞く限りだと当たりは少なそうだしね」

「別にいいんじゃないですか？　結婚相談所ってなんか素敵な人に出会えない気がしますし！　やっぱり出会いは劇的なほうが燃えますしね！」

「劇的な出会いって、どんなのよ」

半眼になった美香が呆《あき》れたように花音ちゃんに声をかける。

「そうですねー……。遅刻しそうになってパンを咥《くわ》えてダッシュしてたら、素敵な彼とぶつかって……」

「どこの漫画よ」

「漫画でも最近使われないわよね……」

思いっきり否定する私達に、花音ちゃんは頬を膨らます。

「例ですよ、例！　私だって本当にそんなので素敵な人と出会えるなんて思っていませんよ！　現実的に考えたら、『幼少期に結婚を誓い合った幼馴染《おさななじみ》と、大きくなって再会する』とか、ですかね！」

「幼馴染いないわ……」

「この間、幼馴染の結婚式に行ってきたわよ」

あまり乗り気ではない私たちの態度に花音ちゃんは不機嫌そうに体を揺らし始める。

「むー！　じゃぁ、『階段を踏みはずしそうになったところを、偶然通りかかった男性に支えてもらう』とかどうですか？」

「……まぁ、それぐらいならありえなくもないだろうけど……。でも、そんなピンチのときに男の人って都合良く現れる？」

「んー。どうですかね……」

花音ちゃんは難しい顔をしながら腕時計型のウェアラブル端末を取り出した。そして、あの忌々《いまいま》しい数字をはじき出した【未来予測システム】を立ち上げる。

『階段を踏み外したところを男性に助けてもらえる確率』

『1・125％』

そうして出てきた確率を私達に見せつけながら、花音ちゃんは嬉しそうな声を出した。

「ほら、百回ぐらい階段から落ちたら、一回ぐらいは男性に助けてもらえますよ！」

「まぁ、九十九回は落ちてケガするんだろうけどね」

現実的な美香の言葉に、花音ちゃんは「もー！　美香さんは夢がないですね！」と非難の声を上げた。

そんな花音ちゃんを尻目に、美香は自身の【未来予測システム】を立ち上げると、まじまじとその画面を凝視した。

「でも、その確率システムって、そんなことにも使えるのね。『明日、世界が終わる確率』なんて調べたらどんな数字が出るのかしら」

「私のお父さんなら『娘に彼氏ができる確率』なんか調べそうね……」

こんな年齢になっても、結婚もせず彼氏も作らない娘を一番心配しているのは実家の父親だ。家に帰れば「彼氏はできたのか？」「結婚はしないつもりなのか？」などと煩《うるさ》く聞いてくるものだから、最近はなかなか実家に帰りづらくなっている。

「もー、そういうのじゃなくて、もっと楽しい確率調べましょうよ！　例えば、『彼が同じ電車に乗ってくる確率』とか！　通勤ラブとか憧れちゃいますよねー」

「それなら……『彼が奥さんと別れる確率』？」

「え？　美香、不倫しているの？」

「いやぁ、いい人ってもう大体結婚して奥さんがいるのよねー。で、奥さんがいるにもかかわらずアプローチしてくるもんだから、それならいっそのこと別れてからアプローチしてくれないかなぁって……」

話を聞けば、今月に入ってからもう三人の既婚者に愛人打診されたらしい。更に言えば、その中の一人はストーカーにまで発展しそうになったというのだ。もうそこまでいくと、羨ましいを通り越して、悲惨すぎるモテっぷりである。

「なんていうか……。美香って、いつの間にか知らないうちに男を篭絡《ろうらく》していて、その人の人生壊してそうよね」

「人生壊すって、別れ話に応じてくれない妻を殺しちゃうとか？」

「それこそ『妻を殺してもバレない確率』とか調べそうですよね！」

「そんな物騒な話してないわよ！　普通に離婚とか、そういう感じ！」

話が恋愛から一気にサスペンスである。

「まぁまぁ、お二人とも、そんなありえない話をしていないで、普通に可能性がある確率調べましょうよ！　例えば……『素敵な恋人が空から降ってくる確率』とか！」

「それが一番ありえないでしょ！」

それから、私たちは話のネタとして、酒の肴《さかな》として、いろいろな確率を調べ始めた。

『バーで「あちらのお客様からです」と男性からお酒を奢《おご》ってもらえる確率』

『同じ飛行機で隣同士になった男性と、旅先で再会する確率』

『野球観戦中に素敵な男性とハイタッチする確率』

そうやっていくつもの確率を調べたが、結果としては散々だった。良くて数パーセント。悪いと確率が低過ぎて表示できないなんてものもあった。そうしてだんだんと美香と私が飽きていく中、花音ちゃんだけは楽しそうにいくつもの確率を調べていた。

『素敵な男性がこのシェアハウスに引っ越してくる確率』

そうして花音ちゃんが入力したその文字を見て、美香が声を上げる。

「さすがにそれはないんじゃない？　確かにここは男女共用のシェアハウスだけど、三人用だからさ。誰かが入るなら、この中の誰かが抜けないと……」

「それはわかってますよぉ！　でも、でも、憧れちゃいません？」

花音ちゃんは目をキラキラと輝かせながら私達に同意を求める。確かに定番というか、素敵なシチュエーションではある。期せずして素敵な彼と共同生活が始まるというのは、少女漫画や恋愛ドラマでもイベントが起こりやすく、導入も容易な設定だ。

少し前にシェアハウスに同居する六人の男女の生活を伝えるテレビ番組が流行《はや》ったが、きっと花音ちゃんはあれに感化されたのだろう。

『1・537％』

しばらくの間をおいて出てきた数字に花音ちゃんは「えー！」と不満そうに声を上げた。その隣で美香が呆れたように自身が飲んだあとのビール缶を片付け始める。まぁ、確かにそろそろお開きの時間だ。私も美香に倣《なら》うように片づけを始めると、やっぱりというか、なんというか、花音ちゃんが嬉しそうに跳ねた声を出した。

「お二人とも、最後にもう一度『アレ』調べてみませんか？」

『私が一生独身の確率』

結果は相も変わらず、悲惨なものだった。

自室に帰った私はベッドに寝転がりながら今回会うことになった四人のプロフィールをじっと眺めていた。そこにはなんの変哲もない顔写真が四つ並んでいる。

『お金使いが荒そうな四十二歳、弁護士事務所経営』の彼に、『食べ方が汚い三十歳、工場勤務』の彼。『自慢話が多い三十二歳、営業職』の彼と、まだ会っていないが『右目の下に泣き黒子《ぼくろ》がある三十七歳　システムエンジニア』の彼。

この中の誰かと私は結婚するのだろうか。そう思った瞬間に、初恋の人の影が頭を過《よ》ぎった気がした。

「やっぱり、あの人を引きずっているのかな……」

自分ではそう思ってないにしても、もしかしたら心のどこかで私は彼と再会するのを期待していたのだろうか。もしそうなら、夢見がちにも程がある。彼とはもう再会さえも期待できないだろう。だって、『初恋の人に再会できる確率』は１％にも満たなかったのだから……

私はおもむろに携帯電話を取り出すと、【未来予測システム】を立ち上げた。そうして、やや迷ってからある文字の羅列を打ち込んだ。

『初恋の人に再会できる確率』

だけど、私はすぐに携帯電話を放り投げてしまった。こんなもの、調べるだけ無駄だ。現実を突きつけられて悲しくなるだけである。

私はそのまま布団に潜り込むと、嫌なことから逃げるように眠りについたのだった。

◆◇◆

それから数日が経って、私は紹介された最後の彼に会うことになった。相性は98%らしいが、これまでのことを考えると、正直期待はできない。

変な人だったり、嫌だと思ったらすぐに帰ろう。私はそんな不安と憂鬱を1：1で混ぜ合わせたような心境で私は電車に乗った。

車内は帰宅ラッシュで混雑していた。社会人と学生がまぜこぜになった車内は暑苦しく、私は扉と人の間に挟まれながら時計を眺めた。この調子でいけば彼との待ち合わせちょうどぐらいに到着するだろう。人波に身体を任せながら私は車内を見つめる。

そういえば、私が初恋の人に助けてもらったときもこんな風に車内は混雑していた。

そんな思い出が頭を掠《かす》めた瞬間、視線の端に何か動くものが映った。恐る恐る視線を向けると、そこには青い顔をした女の子がいた。そして、その下半身には男性の……

「ちょっと！　あんた何してるのよっ！」

先程まで物思いにふけっていたためか、彼女と自分が重なってしまい、私は気がつけばそう声を上げていた。熱くなった頭が男性に対する怒りを持っているのに対して、冷静な私は時間と行動を見比べる。

あぁ、もうこれできっと待ち合わせ場所には間に合わないだろう。

別にそれでいいと思った。惜しくない気持ちがないといえば嘘になるが、目の前で困っている彼女を、かつての私を、初恋の彼のように助けるのが今の自分の役割だ。だって、こんなの見捨てるわけにはいかないじゃないか。

私は対峙《たいじ》した男の腕を掴《つか》んだ。私のときのように逃してはいけないと思ったからだ。

人波は私を中心に一気に割れて、私と、彼女、男の三人だけがその円の中にいる形になる。男は一瞬たじろいだあと、「冤罪《えんざい》だ！」「この女が嘘をついている！」など喚《わめ》き散らした。私達を信じる人たちと男の主張を信じる人たちは五分五分《ごぶごぶ》ぐらいで、私たちを指さしながらひそひそと話す人たちもいる。

「それなら、警察にちゃんと調べてもらおうじゃないの！　鑑定してこの子のスカートにアンタのＤＮＡが残っていたら、もう言い訳できないからねっ！」

その言葉に、男はさっと青ざめて、私から腕を無理やりはがそうとした。逃げる気だ！　そう思った私は、咄嗟《とっさ》に腕を両手で掴む。

電車はブレーキをかけ始めていて、もうすぐ広島駅のホームに滑り込むだろう。

逃がさないように私は腕をしっかりと掴むが、相手は男だ。到底かなわない。

「離せっ！」

「――っ！」

男のもがいた腕が、私の手から離れて、私の頬に当たる。じんわりと熱くなる頬に叩かれたのだと気がついた。

私の後ろの女の子は私の背中にしがみついて、ガタガタと震えてしまっている。きっとあのときの私もこんな感じだったのだろう。だけど、今の私は、あのときのようなか弱い少女じゃない。十六歳の幼気な少女なんかじゃない。

「三十路女を舐《な》めないでよねっ‼」

吠えるようにそう言って、私は彼の腕にしがみついた。

「このっ！」

血走った目が私を睨みつける。男があのときの男のように私に手を振り上げた。だけど今度は目をつぶらなかった。最後まで、私を殴る最後まで睨みつけてやろうと、そんな執念じみた思いだったのだろう。男は思いっきり腕を引く。そうして殴りかかろうとする瞬間、その男がひとりでに沈んだ。正確にはゴン、なんて鈍《にぶ》い音がしたあと、床に崩れ落ちた。

そして、その後ろから出てきたのは、鞄を振り下ろしたまま固まる男性の姿だった。

どこからどう見ても優男《やさおとこ》といった感じのその彼は、倒れた男を見下ろしたあと「これって正当防衛になりますよね？」と苦笑いを浮かべている。右目の下にある泣き黒子が笑い皺に隠れてしまいそうだ。

その困ったような笑みはどこか見覚えがあった。

彼も私のことを見たまま固まってしまっている。

「……貴女《あなた》は……？」

「……貴方《あなた》は……？」

見事に被《かぶ》った。

そう、彼は私が今日待ち合わせしていた彼だったのである。奇《く》しくも初恋の男の人と同じように登場した彼は、私と一緒に男と少女を駅員のところまで連れて行ってくれた。

「女性なんですから、あまり無理しないでくださいね」

事が一段落したあと、彼は眉尻を下げながらそう言った。もうあれから結構な時間がってしまっているために、もう今からデートという時間帯ではない。だからといってすぐ帰るにも早い中途半端な時間だったので、私たちは広島駅の噴水前に座り、缶コーヒーを飲んでいた。

「そういえば、頬大丈夫でしたか？」

「あ、はい。大したことなかったです」

赤みの引いた頬を指させば、彼はふっと微笑んだ。

「女性の顔ですからね。大したことなくて良かったです」

優しい彼の声が耳朶を打つ。なんとなく、相性が98％の理由がわかる気がした。彼とのこういう距離感はとても心地が良い。あまり抑揚《よくよう》のない優しい声色が、彼の人柄を表しているような気がした。

もしかしたら、初恋の彼もこんな感じに話す人だったのかもしれない。あのときは頭が混乱していたし、そんな余裕もなかったが、もしあのときゆっくり言葉を交わすことができたら……

そこまで考えて、私は頭を振った。

もう、初恋の彼には会えないのだ。私は早く彼を忘れるべきなのだ。確率は『0・568％』程度はあったけれど、そんな確率なんてもうほとんど奇跡の様なものである。

私は隣に並ぶ彼を見つめた。自分でホットコーヒーを買っておきながら、熱くて口がつけられないのだとはにかむ様な、そんなおっとりとした彼を眺めた。

まぁ、これはこれで悪くない出会いだ。いや、むしろ素敵な出会いだろう。

彼は暴漢に食って掛かるような気の強い女は嫌かもしれないが、私は怯《おび》えながらも必死に助けてくれた彼が気に入った。目尻に皺《しわ》を寄せて優しげに笑う彼を素敵だと思った。

「あの、良かったらまた会ってくれますか？」

勇気を振り絞りながらそう聞けば、彼の泣き黒子が完全に笑い皺に沈んだ。

「はい、もちろん。デートも仕切り直さないといけないですしね」

そう言ってくれた彼に少しだけ胸が熱くなった。


「それじゃ、今日は帰りましょうか」

しばらく話したあとにそう提案してくれた彼は、先に立って私に手を伸ばしてくれる。恐る恐るその手を掴むと、ぐっと力強く上に引き上げてくれた。こんなに優し気な彼でもやっぱり男の人なんだなぁと実感したそのとき、彼の手首に青黒いものが見て取れた。

「あの、手首怪我していませんか？　まさか、殴ったときに痛めたとか？」

私が心配そうにそう聞くと、彼は「あぁ」と思い至ったように頷いて、袖をまくり上げて手首を晒《さら》してくれた。

「これ、生まれたときからあるんです。女の子から『四葉のクローバーみたい』って言われたこともあるんですよね」

そう言って見せてくれた痣は確かに見覚えがあるものだった。私が驚いて目を見張っていると、彼はさらにこんな風に続けた。

「実はその子のティッシュケースを持って帰ってしまっていて、返さないといけないからずっとその子を探しているんですよね。まぁ、探しているといっても出勤時とかにちょっと確率を調べているだけだし、顔もよく覚えていないので望みは薄そうなんですけど……」

彼の『探している』の一言に心臓が跳ねる。

まさか、彼は本当に『初恋の彼』なのだろうか。

そして、彼も私を探してくれていた？

「あぁ、でも、もう十年以上も前の話だからその子も覚えてないかもしれないし、ティッシュケースなんて返さなくても……」

「あ、あのっ！　もしかして……」

必死さを滲ませた私の声に、彼の優しげな顔が不思議そうに傾く。

そんな彼に『初恋の彼』の話を、私はしどろもどろになりながら、時には赤くなったり、青くなったりしながら、一生懸命話したのだった。

※本書は「小説家になろう」（http://syosetu.com/）に掲載されていたものを、改稿のうえ書籍化したものです。

この物語はフィクションです。作中に同一の名称があった場合でも、実在する人物、地名、団体等とは一切関係ありません。

宝島社
文庫

妻を殺してもバレない確率
(つまをころしてもばれないかくりつ)

2017年10月19日　第1刷発行
2022年 9 月20日　第2刷発行

著　者　桜川ヒロ
発行人　蓮見清一
発行所　株式会社 宝島社
〒102-8388　東京都千代田区一番町25番地
電話：営業 03(3234)4621／編集 03(3239)0599
https://tkj.jp
印刷・製本　中央精版印刷株式会社

Printed in Japan
ISBN 978-4-8002-7750-3